U0129742

创美工厂

我的奇妙书店

Meine wundervolle Buchhandlung

[德] 佩特拉·哈特利布 著

王海涛 译

❤ 中国友谊出版公司

这一切都源于对书籍的爱

1

　　我们在维也纳买了一家书店，整个过程很简单，只是写了一封带报价的邮件，而且我们的账户上并没有这么一笔钱。几周后结果出来了：您已经购买了一家书店。这种事只有在 eBay 购物时才会发生在你身上，就像孩子买他心仪已久的哈利波特乐高积木一样，一旦被吸引就会给出比实际期待价格更高的报价，而直到报价后才发现，该死的，根本没人会出更多。于是我们在一个陌生的城市中，出了一笔我们并没有的钱，买下了一家书店。事情就是这样发生的，而我们现在必须面对这一切。

　　所谓的面对就意味着奥利弗必须辞掉他在德国一家大出版社待遇优厚的工作。我也放弃了成为文学评论家的想法，离开了广播电台和汉堡珊泽区清凉的办公室，房东只能寻找新的租客了。十六岁的儿子已经变成了典型的北德人，而且开始了自己的第一段恋情，我们这时候却告诉他要搬到维也纳去了。

我们给一位刚刚继承了一笔遗产的朋友打电话，问他能不能借给我们一笔钱，他还没有答应，于是我们又给维也纳的朋友打电话，问能不能先借宿在他家里，他也没有回信。

本来在维也纳一切是那么的美好，汉堡多雨的夏天让人忧郁，所以我们跑到维也纳的朋友那里住了两周。那时候我们慵懒地躺在花园里，去夏夫山的游泳池游泳，在花园里聚餐，去酒吧喝酒，然后见见朋友，我们原来就是这么计划的。

可是我们跟出版社好友吃完一顿晚餐之后，一切都变了。在各种神侃和八卦之后，他感叹我们可惜不住在维也纳，因为他知道一家刚刚关门的小书店，地理位置优越，客户群体也很稳定。

几杯啤酒下肚之后事情渐渐明朗起来。一家传统书店前几天因为某种原因停业了，我们是不是可以接过来！至少理论上是这样。就是这样一家位于维也纳的小书店——一家我们昨天之前还没听说过的小书店——让我们确信，"这家小书店是我们的了"。夜色渐浓，这个想法看起来也似乎越来越合理。

第二天早上我们依然沉浸在昨夜的欣喜中，吃完早饭后没有去游泳，而是跑去看书店了，心想反正看看也不花钱。书店里面漆黑一片，我们没头没脑地往里张望，书店里摆放着二十世纪七十年代的褐色展示架，脏兮兮的玻璃后面是空空如也的展柜，店门上贴着手写的字条。"书店八月一日起关门歇业，非常感谢读者多年来的厚爱。"

"这是一个疯狂的想法，但还是请你帮我问问书店怎么了，店主是谁？"我待在电话机旁，给所有没有休假的同行打了一遍电话。奥利弗永远都知道我在想什么。

这就是一家传统的书店，陈设是七八十年代的。最后管理书店的是店主的一个儿子，具体情况就不清楚了。当然最后我也联系上了店主，两天以后我们约好来书店随意看看。这是个疯狂的决定，不过看一看也无妨。我们面前是一间四十平方米的昏暗的房间，书架耸立着直到屋顶，塑料地面一片狼藉，旋转门柱上摆满了书籍，密密麻麻地排列着，四周闪烁着霓虹灯——我们觉得还不错。

尽管环境不怎么好，但确实感觉还不错。内室里有一段陡峭的铸铁螺旋楼梯通往二楼的公寓。说是公寓，其实有点夸张。

"房子必须整租"，店主说。

我说："谢谢，我们不感兴趣。"奥利弗没有说什么，但两眼烁烁放光，大踏步地走到房间里面。

包装间里有私人储物柜和一张大桌子，还有纸箱、天平和电表，然后是一个大的办公室，里面有两张老旧的写字台，如果清洁修复一下称得上是"古董"。它们后面是一间复印室和暗室，后面还有几个小房间，里面从上到下堆满了书、纸盒和几十年来的装饰品。一棵陈旧的圣诞树从一大堆纸箱和旧书中伸展出来。"房子还不错"，我丈夫喃喃地说了一句。

我们开始看壁纸，上面勉强还能认出我们小时候常见的花纹。一看就知道是巴斯特勒的产品，我没有吱声。

店前街道上明媚的阳光里我们像做了一个荒谬的梦，我们沉默了。

"怎么样？"我丈夫问。

"什么怎么样？"我问他。

"你觉得这里怎么样？"

"太糟糕了，你觉得呢？"

"我觉得也是。"

"好吧。"

……

"但是我们可以做点什么。"

"这倒是，但是公寓太差了。"

"不是吧，我觉得这间大公寓很酷！看，包装间可以改成厨房，带写字台的大办公室可以做餐厅，放复印机的地方可以做成一间小电视房。暗室可以改成浴室，剩下的房子可以当卧室和儿童房。"

"别胡说了。"

"就是这样。"

躺在太阳椅上的轻松假期结束了。

我们能不能……我们是不是该……如果我们……我们维也纳的朋友热情邀请我们跟他们同住，直到我们找到自己的房子，但这样也并不让人感到轻松。就是这样。

我还有个老朋友，是我的前男友，他靠遗产度日，我们拜访他的时候他答应给我们无息贷款。也就是这样。

这一切对我来说就像埃舍尔① 著名的"不可能的人物"一样：你看着，你确定你知道这是哪幅画，片刻之后你再看，却正好相反。为什么会有变化呢？

我很幸运遇上了世界上最好的人。我们住在汉堡大学区的一栋老房子里，邻居们都很和善。小儿子在一家很抢手的日托幼儿园，大儿子的学校也不错，一切都很和谐。我有一份很有意思的工作——兼职，有很多时间跟孩子们在一起。尽管如此，我人生第一次感觉家里收支平衡。奥利弗呢？他从一个小的书商奋斗成为德国最重要的出版社之一的销售经理，他喜欢自己的工作，老板也支持鼓励他，我们应该很满意才对，我们确实也满意。

但是我们如果一起做点事会怎么样呢？一起开创事业，一起努力。尝试点新鲜东西？

我们经过核算、讨论和电话联系，每过一小时我们的想法都不一样。

好主意、一切都是胡扯、不可能实现……

我们的未来，我们会破产。

①　M.C.埃舍尔（M. C. Escher, 1898-1972），荷兰科学思维版画大师，20世纪画坛中独树一帜的艺术家。——译者注（下同）

怎么能算出来要卖多少书才能养活一家四口人？

有人告诉我有人很久之前在书店里工作了几年。我打给他，他对当时工作的情形印象并不太深了。"君特，你们当时的销售情况怎么样？"

"天哪，这都是二十五年前的事了！我不知道。"

"能不能再回想一下！这很重要！"

"好吧，我还能记得圣诞节的时候一天能卖十万先令，然后老板开了一瓶香槟来庆祝。"

这就能说明问题了。我们手头有了一个数字，二十五年前的日营业额，货币单位还不一样。

现在我们能估计一下年销售额。真是这样吗？是的，那当然。

2

你已经成年了，离开家独自生活了很多年，住在自己的公寓里，已经结婚，生了两个孩子。尽管如此，你的父母还是会对你的生活发表意见，好像你拿着糟糕的成绩单或者大胆的旅行计划站在他们面前。事实上一切都在意料中：他们很失望，并不理解你。

我的父亲原来是高管，非常善于经营和创新，他的手飞快地指向餐桌纸上的几个数字，坚决地摇着头说："这不可能行得通！你们疯了，怎么能冒这么大的风险，你们得想想孩子们的未来。"

几年前他劝我们不要搬到汉堡去的时候态度也是这么坚决，现在他又劝我丈夫不能放弃相对稳定的工作，不能太过冒险。

我的心里隐隐地希望他能给我们预付一点遗产，但他可不这么想，而且我早就不跟他要钱了。

回到汉堡后一切都变得那么陌生。期间我们从几个维也纳的书店获知，他们也打算买下它，而且汉堡其实也算还可以。我们靠着充足的绿魁酒和圆面包又在雨季的汉萨城市勉强度过了几周。儿子享受着舒适的青春期，女儿的幼儿园也很酷，奥利弗每天西装革履地忙事业，我一篇篇地写文章，采访著名的作家，学习如何进行电台访谈。下午做儿童体操或者去珊泽区喝喝咖啡。北海和波罗的海也不远，总之，一切都不错。

维也纳来的一个朋友改变了一切。她在出版社工作，来汉堡见了几位记者，晚上跟我们一起吃饭。我们给她讲了我们的"旅行故事"，给她拿照片看，解释了几个概念。期间我们获知，书店正在破产保护中，所有的投标书必须交给所谓的委托人。

"你们投标了吗？"

"没有啊。"

"为什么不投呢？"

"不行，我们根本没有机会。"

"你们就跟闹脾气的小孩一样：玩得好好的，快结束了看到别人棋下得更好就把棋盘给掀了。胆小鬼！"

等她走了以后，我们的奥地利葡萄酒所剩无几了。"我们也投标吧"，我丈夫说，我打开了电脑。我们写了三句话，包括我们的报价，听起来也不完全是"乌托邦"。

"我们的投标对象是第45896号，包括一百八十米木架，一百二十延长米①的书，一台收银机，各种商店用品，一辆1996年的雪铁龙C15货车。我们的报价有效期到九月三十日。"

之所以选择这个日期原因很简单：如果书店开业，必须在圣诞节之前，这样才能挣钱。我们虽然比较幼稚，但是不傻。

---

① 延长米又称"延米"(linear meter)，这是一个表示工程量的统计单位。用于一些不规则的工程，如管道、岸线、挖沟等的工程量统计，以"延长米"为单位。

3

做一次电台节目的时间又花了很多，访谈内容特别详细，但被采访人也很和善，生在柏林的俄罗斯人有一双明亮的蓝眼睛。我也不知道为什么老看幻灯片，录音设备录下了我们的闲话家常，而不是五个生硬的句子，我得从中鼓捣出一个四分钟的节目，进行三段采访。距离去幼儿园接孩子还有一个小时的时间，我可以赶紧回家查看一下邮箱。也许奥地利广播公司想买下我关于主要德国报纸平装书系列的节目，这样我跟傲慢的报纸编辑的谈话就值了。

我来不及脱鞋子，先做了一杯浓缩咖啡，赶紧跑向电脑，可惜没收到奥地利广播公司的邮件，但是收到了另一封来自奥地利的邮件，来信的是公证员。"尊敬的哈特利布女士，您中标第45896号，从而买下了破产的 XY 书店。请在十月十五日之前携带四万欧元现金到对象所在的地址。"

我感觉有点崩溃，赶紧打电话到丈夫的办公室找他。

"你好，我是科妮莉亚·麦耶。"

"你好，我是佩特拉·哈特利布，我想找一下我丈夫。"

"他现在正在跟老板会谈。"

"我有急事，请帮我转达。"我还从来没打断过他的会谈，即使孩子出生也没有，我当时就等他回给我。我丈夫很快过来了："你得赶紧回家，我们买下书店了，糟了！我们买下了那间书店！"

晚上我们两个最好的朋友——一位维也纳人，一位德国人——来拜访我们。他们俩竞相给我们提供消息，虽然我们已经知晓，他们俩都不知道说啥好了。我始终还不相信这一切都是真的，我们投标以后连个确认都没有，也没寄过挂号信，没签署任何东西，就是写了一封邮件，这根本没啥约束力。

"是有约束力的。"我朋友的父亲是维也纳的退休法官，他在电话里告诉我。"你们投标了，也被接受了。你们必须付款，可以接着就卖掉。"

谢谢，我们会的。

奥利弗当天晚上就给出版社传真了辞职信，我们对传真上的辞职日期进行了深思熟虑。快到午夜的时候，来访的两位朋友告诉我们她们怀孕了，太好了。

奥利弗六点就起床了，默默地穿上了最好的西服，打上领带。但他看起来气色不好，他打算第一个到办公室，把辞职信从传真机里拿走，不让人看到。这是办公室里特殊的一天，大家要庆祝老板工作三十年。祝词、自助餐、香槟，我丈夫都不擅长，一整天都在等待合适的机会递交辞呈。等一切讲话都结束了，公司高层离席之后，所有人都要走了，他来到主席的办公室。

"我们得谈谈。"

"您要辞职？"

"您怎么知道？"

"要不您会跟我说什么，在这么特殊的一天？"

"是的。"

"有人给您更好的职位吗？我能不能劝您留下？"

"恐怕不行。也没人给我职位。我太太和我，我们在维也纳买下一间书店。"

"您疯了吧。"

"是的，我知道。"

"告诉我该如何帮助您。"

彻夜未眠之后，我们准备进行下一步行动了：我们怎么跟孩子们说呢？小女儿没问题，她去维也纳度过假，对维也纳的印象就是放松的父母和猪排、朋友花园里舒适的下午、游泳池和动物园。我们告诉她维也纳的冰淇淋很好吃，天气也不错，我们会住在一间书店里，会有很多图画书，她会很喜欢。当然还包括所有的 Conni 磁带，尽管现在还没有。

可是十六岁的儿子对这一切都不感冒。他慢慢适应了汉堡的生活——珊泽区、易北河沙滩、圣保利球队就是他的生活，他对维也纳的认识就是从一个八岁孩子的角度，用他的话说，这个城市太不酷了。他自愿跟我们从维也纳搬到汉堡。我们得逼他回去吗？我们第一次退缩了，陷入沉默和绝望，也许他也恋爱了，搬走是不可能的。我还能记得我十六岁时的样子，世界上最重要的就是朋友，父母就是多余的，除了帮你准备好房间、钱和食物。他绝对不会搬走。我感到很为难。奥利弗的解聘期为半年，我们总会找到办法的。

4

现在我们拥有了一间书店。什么时候书卖得最好呢？对，就是圣诞节。

现在是十月初，如果十一月份还不能开业就不行了。之前还有几件小事要处理。例如资金，我们必须得借钱带到维也纳，搞定租房合同，找到一家可以贷款给我们的银行，另外还有很多问题，给女儿找幼儿园，给儿子找学校，办理营业执照，把原来堆满图书、办公用品、饰物和包装材料的旧商店清理出来，刷刷墙，清理橱窗，安装新电路，起草商标，刨走塑料地板，等等。刚才说了，现在才十月的第二周，十一月四日能开业吗？好吧，可以晚点再搬到维也纳，反正也没房子住。

刚好十月份有法兰克福书展，我们必须得去一趟。因为奥利弗仍然负责雇主的展台搭建，工作压力蛮大，以后的行动由我全权负责。我还得进行几个采访。

我就利用这段时间接触所有跟经营书店有关的人物。奥地利和德国供应商的老板、协会主席、商会首领、主要出版商的销售总监、同事等。为什么我感觉大多数谈话伙伴对我报以同情的微笑呢？"您的计划太勇敢了，但是您能搞得定。"谢谢，必须搞定，我们没有选择。

中间奥利弗和我在书展上短暂邂逅之后想到了很多好主意："也许我们签合同的时候需要一位律师？我们认不认识能给我们介绍一家银行的朋友？"每天的手机通信费可能都比预计的日销售额高，但我们无论如何也得坚持下来。我有一张神奇的卡片，就是我的记者证。我可以凭证进入书展的记者中心，同事们都在那里写书展的稿件。我在这里查到了一位律师的电话，几年前的一次工作中他是我的代表律师，其他人我都不认识。我给唯一一个在经济和银行圈里的朋友打电话，她最后学的是经济学，肯定认识银行里的人，可以给我们贷款。"我认识一个人，他认识的人认识人……"在奥地利一直是这么办的，我从来也没想过直接给银行打电话。

当时恰逢一年一度的诺贝尔文学奖颁布，我很惊讶当年获奖的是埃尔弗里德·耶利内克[①]。我电台上司的电话打断了我正在进行的银行—律师—商会三方会谈："你必须做一期节目，你是唯一的奥地利人。"就好像我很自然的就能做一期关于耶利内克的节目一样。我得赶紧搜集采访资料，找到想对这位并不是最受欢迎的女作家说点什么的人，她的几本书我之前还读过。

然后书展结束了，奥利弗盯着展台的拆卸工作，我收拾行李，快到午夜时分我们驶上高速奔向维也纳。行李厢里装满了新鲜出炉的诺贝尔奖获得者的著作和一个真人大小的彩色展板，上面写着"诺贝尔文学奖"。她的作品都是在奥利弗的出版社出版的，这倒挺好。我们会成为第一家设立耶利内克作品橱窗的书店，到时候我们将不仅仅成为朋友。

---

① 埃尔弗里德·耶利内克（Elfriede Jelinek），奥地利女作家，2004 年诺贝尔文学奖得主。代表作包括《作为情人的女人们》、自传体小说《钢琴教师》等，曾获得不来梅文学奖（1996）、柏林戏剧奖（2002）和莱辛批评家奖（2004）等诸多奖项。

我们得在上午赶到维也纳，因为之前和一家银行约了时间。我们从法兰克福给它发了一份很不错的商业企划，希望就跟奥地利朋友说的那样，会行得通的。

早上六点我们敲开朋友家的门，奥利弗稍微眯了一会，我们冲个澡，穿戴整齐。我们拿着亚光封面活页夹，睡眼惺忪的，八点半准时坐到了一对信誉不错的银行家夫妇对面。他们俩好像刚刚从住房储蓄银行广告上跳下来决定我们的未来。他们面前的桌子上放着打印出来的关于我们将要组建公司的企划书。我们默默祈祷他们还不知道，即使不是十几年，也是好多年以来，图书零售业已经没落了。他们饶有兴趣地翻看着 Excel 表格和蛋糕式图表，我的丈夫做得滴水不漏，从行业的地区发展状况到预计收入情况，从竞争对手到未来十年的销售状况，等等。我自己倒了第三杯咖啡，脑子里填满的字眼都是：担保基金、毛收入、利润率……我的手机突然响了起来，我心里一激灵，是我们的律师。我示意大家这个电话很重要，起身离开了谈判桌。还没等我离开房间，听筒里的声音就迫不及待地嚷嚷着："卑鄙的小人！我们当然还没签租房合同，他们是不是当我们是傻瓜！"我推开门之前刚好能看到银行家太太扬起的眉头。"博士先生，请您小点声！我刚好在银行呢。我能晚点给您回过去吗？"

"不行，我今天都在法院，我回头再打给您！但是租房合同我们肯定不能签！我们还没那么傻！"

"但是您得陪我们去转账！"

"对。好，我会过去的。"

三刻钟之后我们站在银行前的小广场上，兜里揣着七万欧元的贷款。我可怜的德国丈夫激动地来回踱着步子，有点忘乎所以："奥地利真是个神奇的国家。你看我们走进银行，在桌子上放几张彩页，跟他们讲讲我们几年的图书业经历，然后他们就把钱给我们了？就这么简单？"

"那是，他们知道我们很好。我们是活力充沛的成功二人组。"

奥利弗轻轻地用拇指划过我的一个黑眼圈。"对，活力充沛的成功二人组，现在我们先去睡觉。"朋友家没人，大人都上班去了，孩子也去了幼儿园。我们脱下正装，瘫倒在折叠沙发上。奥利弗伸出一只手，在我的 T 恤衫下面心不在焉地摸着我的背。

"你觉得我们做得对吗？"

我想了一下说："我不知道"，可他已经睡着了。

三个小时之后我们走进邮政储蓄银行高高的营业厅，这栋奥托·瓦格纳[①]的故居给奥利弗留下了深刻的印象，他惊异地走到大厅中央。我对刚刚从我之前的学生账号中取出来的四万欧元肃然起敬，这是这两个小时里从父亲的遗产和前男友那里转过来的，这个账号从开户以来就是用来借钱的。他们给我打来这么多钱？他们都不问怎么回事？他们也不想知道我拿这些钱干什么？

"这点钱不算啥。有的人经常从账户里取这么多钱，他们注意不到有人向他账户里转了五十万。"我丈夫突然变得彬彬有礼，我都有点不适应。

柜台营业员简单看了一眼我的旅行护照，淡定地给我点了一堆钱在柜台上。一个小纸袋子，一张单据，我把小袋子放到我的手提包里紧紧地抓住提手，力气大得手关节都变白了。我劝自己放松点，就跟我经常带着这样一笔钱在城里转悠一样，我不断地环顾四周，两只手替换着拎包。

---

① 奥托·瓦格纳（Otto Wagner, 1841-1918），奥地利建筑师、规划师、设计师、教育家兼作家。

下一站是到商会进行"年轻企业家咨询"。一叠纸，印刷精美的说明书，相貌堂堂的人们穿着正装进行不是特别翔实的谈话，讨论如何建立企业。我其实听不太懂那位女士说的话，最后我的注意力都放在了手提袋里的四万欧元上面了。

　　图书行业之前在奥地利是受保护的行业，只有受过培训的图书和音乐商才能开店。自从 90 年代的政府改革以来，每个人都可以开店了，不管识不识字。这样也好，因为我丈夫是德国人，而我是奥地利人，因此营业执照只能办到我名下，而不是奥利弗，他二十年前就受过书商培训，我什么都不是，但是我成了年轻企业家，现在来申请营业执照。

　　我们早早地来到陌生的街道上，十月的雨中它显得冷冷清清。我们坐在车里观察着"我们"书店斑驳的橱窗。我越来越紧张，一刻钟之后我确信：这是我人生最大的错误。有人会拿走我们的钱，合同会被证明是假的，或者即使是真的，也不会有人来买书。每当碰到这种情况，奥利弗会变得越来越沉默，我也紧闭双唇，看着店主跟一位女士和一位先生下了车消失在房子里。现在就缺我们的律师没来了。

　　"他要是不来，我也不进去。"

　　"他一定会来的，一切都会好起来的。"

当然他来了，晚来了十分钟，很难相信这位突然出现的满身大汗的先生给了我多少安全感。他来了，一切都会好的。他们不会拿着我们的钱跑路了，合同里不会做马脚了，但在客源问题上，他对此也无能为力。前店主、他的律师和委托人、我们两个加上我们的律师挤进了一间狭小的充满发霉味道的内室里，签下了合同，四万块换了个东家，事情进行得很快。我们手里拿到一张发票，书店被我们买下来了。

所有人都离开以后，我们又在屋里转了转，我站在店里的大柜台后面尝试着憧憬我们的未来。

"我们把旧东西都扔出去就好了，换上新地板，新油漆，新灯。橱窗要开得再大点，书架得拿走，隔断也不要了。"奥利弗恨不得马上动工改造。我突然感觉非常累，想起了我在汉堡喝着拿铁玛奇朵的日子。放弃了半天工作，舒适的房子和自由的时间支配，现在必须夜以继日地工作，主要还是没地方住并且背上了十年的债务，还是会更久？我的想象力没这么好就好了。

回汉堡前我们还得找好幼儿园。马上出发，我们还有两个小时的时间，我们带着无限的天真来到 MA10 号负责幼儿园的政府办公室。

"登记时间在二月和三月。很抱歉现在幼儿园已经满员了。"

"但是我们现在就要搬到维也纳，我们是十月初才得到的消息！"

"但是，那很可惜。我们也无能为力。"

书店后面隔几条街有一家天主教私立幼儿园，登记咨询用不了十分钟，他们愿意接收我们的孩子。就这样，我们的女儿从汉堡有手推车、Punk-Zivi 游戏和脏兮兮的舒适角落的幼儿园，来到有年纪大一些的女士们管理的干净到无可挑剔幼儿园，而且"需要晨祷"，并且遵守一个小时的午休制度。

就在不久前，我们还按照完美的育婴模式每天花很多时间照顾我们的女儿：德语、英语、土耳其语、蒙特梭利或者传统、素食、有机肉类……不管家长是否参与。这个时代终于结束了，我们没有别的选择了。

5

　　然后我们搬到了朋友在夏夫山下的小房子里，当然不是正式的，因为这间小房子刚好住下四口之家，七个人住就太拥挤了。我们在儿童房里放了第三张床，我们的孩子都习惯了一个人住，突然就没有完全属于自己的空间了，必须和另外两个孩子住在一起。我们俩的房间是一个七平方米大的潮湿的客房，里面有一张沙发床和一个宜家的衣柜。成功的秘诀就是：所有的人都在家待的时间不长，我们的房东是医生，他的工作很忙，我们也整天待在书店里。我们添置的新烘干机和新雇用的帮手帮了很大忙，除了斯洛伐克的清洁工和轮班的两个保姆以外，还有他们的"妈妈"。她帮我们洗衣服，我们只能眼睁睁看着斯洛伐克人掌管了家里的大权：医学书里面夹的任意贴都被拿走了，然后按照颜色放到书架里，

CD 成了书架里的摆设，带有人造雪花的圣诞装饰品到二月份还贴在窗户上。当然最主要的是孩子们很开心。

奥利弗开车往返于汉堡和维也纳，直到我们的阁楼里装满了工具和生活必需品。大儿子暂时住在汉堡的朋友家里。

接下来的两个周我们忙着让落满灰尘的书店焕然一新。日复一日，我们没有丝毫进项，这对我们高筑的债台来说就是一场灾难。截止日期是十一月四日。我重新搜索我的朋友圈，因为即使我们继续使用旧书架，其他的东西都从建筑市场和宜家买便宜货，我们也需要钱来改造。我们刚刚花了四万欧元买书店，要改造房子我们还得向房东预付租金，而且我们还得把书店摆满书。过了没几个小时我们就找到了足够的援助。卡特娅的朋友"捣鼓电脑"，他给我们弄到一万块，放射科医生夫妇不仅提供住宿，还给我们提供了短期无息贷款，上奥地利州的一对夫妇是我以前的老师，他们搞定了剩下的部分。我们的第一个圣诞季会让我们赚够钱还给大家。要是没赚够呢？那可就麻烦了。

那些没借给我们钱的朋友给我们提供了免费的劳动力，他们的活可不轻快：彼得是电工，乌拉帮着刷墙，吉多什么都干，那些没有特长但有时间的朋友帮我们把书架拆开，清扫干净又装起来。整整两个星期，我们跟放射科医生、记者、图书销售代表、舞蹈教师、平面设计师、教师和心理学家朋友一起把书放到书箱里拆开又重新包装，刷好了墙，铺好地毯。我一整天都穿着亮橙色工作服，只有睡觉的时候才脱下来，一切都是值得的。第一次接触新的潜在顾客的时候他们还以为我是垃圾处理站的工作人员，在奥地利大家都知道 MA48 的橙色工作服。我把橱窗的内墙刷好了，路人都驻足观看。"到底是谁接管了书店？"一位穿灰色大衣的中年男人问。"就是我"，我说，"我和我丈夫。"——"噢，您好"，他问候了一句，摇着头看着色彩鲜艳的四周。噢，您好。他的话触动了我。

奥利弗在这两周里学到了很多东西，有时候找人帮忙不见得是坏事。他宁愿咬着牙自己盖房子也不愿别人帮他，现在他慢慢习惯了朋友不求回报的帮助，他们就想帮你做点事，让书店重新焕发活力。

当吉多贴好最后一块地毯，卡特娅把导购说明整理到书架里的时候已经是十一月四日凌晨三点了。这简直是一个奇迹，书店看起来像模像样。新安装的灯在粉刷一新的木书架上投下温暖的光线，移走两个书架以后屋里通透多了，也显得大了很多，灰色的地毯显得很高雅，最重要的是我们有书了，新书，秋季最新出版的书。接下来我们把开业宣传册码好，之前把它们寄到了朋友家。两位放射科医生给我们提供的大力支持让我们成功买下来，所有的奥地利供货商都给我们供货：超过三万欧元，没有营业执照，没有银行担保，仅仅因为他们认识我。这就是奥地利，我的德国丈夫也对这个国家感到惊奇，肃然起敬。

我们的大日子来了。十一月四日，早上九点。我们打开门，充满期待地站在商店柜台后面。放射科女医生从收银台拿了一份简介，女记者前几天帮着收拾房间，她基本都知道什么东西放在哪儿，女销售代表总能找到她出版社的书。

就好像演员第一次重大演出一样，我站在书店的书前面，尽量让自己显得自然些。

新顾客涌了进来，就好像书店从来没关过门，好像我们一直就在这里。门被推开，人们走进来，丝毫不知道我们紧张得都快晕倒了。我们接下订单，找到前一晚拿走的书，写下客人的名字和电话号码。喧闹中我面前不知道什么时候来了一位金发的年轻女士，前几天我们装修进行得热火朝天的时候她来过，问我们能不能让她在这里工作。当时她站在门前找老板出来说话，我跟她解释完以后觉得她并不适合我们。我把她打发走了，也没留她的手机号码。

"对不起，我上周来过，问您需不需要人。我就住在拐角，我很喜欢读书，一直就想在书店工作……"

"你什么时候可以来上班？"

"周一行吗？"

"没问题，周一早上九点。"

我们根本没工夫精心挑选员工。

6

有一部电影讲的是哈维·凯特尔[①] 每天早上打开他的烟草店，然后回到人行道上拍一张街道的照片。

我们当时在汉堡夏末漫长的夜里也曾经憧憬过这样的情景，当时的一顿小酒让我们下定了决心要每天都拉开遮阳篷，打开书店的门，然后回到街上拍一张照片，等我们结婚十周年的时候我们会办一个小展览，就像"书店光阴"或者类似的东西。

主意倒是不错，但是奥利弗必须处理好半年解雇期里的琐事，因此也就搁置了，然后在我们开业后的那个星期天坐上车，让我这个连自己的房子都没有的新生独行侠创业者回

家了。我从来不想做独行侠，也从来没想过要做创业者，更不用说成为图书零售商了。我感觉自己精力都透支了，没时间想它反而是好事。没有自己的房子也挺好，因为和放射科医生夫妇住在一起是唯一能让孩子和新工作结合在一起的方式。

我下午六点半多一点回到家的时候，孩子们已经从幼儿园里回来了，我的朋友也准备好了吃的东西。我们有了两个小时的家庭生活：吃饭、沐浴、刷牙、读书和相互偎依。我把闹钟定到了八点半，孩子们睡着以后我还要到店里和一位好心的邻居处理客户订单和补货，为明天做好准备。

假如有命运安排，那对我们来说真心不错了，好人奇迹般聚集在我们周围。夏娃本来是"在店里打短工的学生"，工作了第二周之后就决定休学，过真正想要的生活，她说要在店里做学徒。一位女邻居原来是经过培训的书商，因为三个孩子的缘故中断了，现在很乐意给我们提供咨询，我太需要她的帮助了。

开始几周都是在永远睡不醒和疲惫不安中度过的。幼儿园上学时间我们恨不得精确到秒，然后得去接孩子，或者斯洛伐克保姆卡特卡去接孩子，然后等我们其中一个人回家。我们俩都忘了幼儿园周五下午两点就关门了，然后幼儿园助理突然出现在店门口，她用轻蔑的声音告诉我，孩子已经在老师的办公室里等了一个小时也没人接。当时店里只有我和一位女顾客，她要的书我没找到，现在她见证了我默默地哭泣。

"太太，您别激动，没那么糟糕。您现在赶紧去接孩子，我帮您盯着，跟顾客们解释。"我飞奔向幼儿园，女儿坐在老师的办公室里，她在听学前音乐呢。幼儿园老师说她其实还太小，听不懂，好在她还没有时间概念。

书店开始有了回头客，他们已经是第二次来了，又买了些书或者来取书。尽管已经精疲力竭，但是我心里很平和，我越来越感觉开始步入正轨了。我记下名字，这样以后就能认出他们了。我跟两个北德的——那里与维也纳发霉的天气形成了鲜明对比——服务公司的两个不错的同事说，我们会成为维也纳最有人情味的商店。一开始的大量订单让我们应接不暇，我们每天没时间想别的，就是记下了常来的客人名字，然后马上就能认出他们。

我们没有现成的订货系统，也没有自动数据传输或者类似的工具。这就意味着我们需要在复写纸上写下每一份订单，给客人一份，我们留一份。过了几年之后我们还是能从抽屉里面找到绿色的小纸签。我们中的一个人每天要两次在电话前面让奥地利三家大供货商给我们送货，神奇的是我们的书第二天就能送到。一对住在附近的图书零售商夫妇帮助我们处理跟德国供货商的订单：我们订的书奥地利没有，邻居十六岁的儿子每周两次坐电车到阿尔泽路用两个塑料袋取回我们订的书，如果书太多我们就会开车去把箱子拉回来。"这样做还蛮不错"，工作人员递给我包裹的时候笑着说。

出错率不像一开始那么高了，尽管如此我们取书的时候还是很高兴看到客人的名字跟书能对上号。我们询问客户的名字之后，稍微犹豫一下，然后小心地按照字母顺序到书架上找书，找到以后一把抓住，激动地喊着："太棒了，在这里呢！"

过了几天之后我们想了一个新办法："找到书以后我们得装作若无其事，就好像一切都是很自然的，行吗？声音里不能透露出惊喜的感觉，就是冷静地转身去拿书，然后到收银台输入价格，这样显得我们很专业。"夏娃的角色变成了扑克脸。

奥利弗利用休班的时间和剩余的假期尽可能经常来维也

纳，这对他也不容易。他每次来我都感到很幸福，感觉可以稍微放松一下，但是他的职业建议会打乱我们的节奏，这就有点麻烦了。就好像那些从事安装行业，在石油钻井平台上工作，或者漂泊在海上的丈夫们的妻子一样，自己长时间地独立生活，突然有人告诉他什么事情该怎么做，为什么该这么做。然后我们共同的工作就仅限于打扫房子、教育孩子、煮饭或者收拾房子，做一些我们之间没有竞争的事情。现在我只有两名员工，我对其中一个一无所知，但是她都很有创造力，另一个虽然了解一些，但是她很特别，她帮我处理日常事务，我们虽然每天都感觉自己是"商店"，但是一切都挺顺利。然后来了一个有多年工作经验的书商，他给我们详细地解释了如何运转。但他是德国人，相处起来也有点困难。

第一个圣诞季慢慢来临了，夏娃十一月中旬想到一个主意，订购了几份复活节日历，每天的销售额都在上升，我们每天接货都要忙到过了午夜。我们用棉花和闪光片装饰橱窗，一位员工借给我们她神秘感十足的圣诞节马槽，让店里的气氛更像圣诞节，平安夜她再把马槽拿回家。我在店里待得太久了，我都不知道外头的世界变成了什么样子。有时候上午客人不多的时候我就开个小差，到马路对面的大日化商店里，漫步在街道上，买一些没用的东西，就好像在温泉度假。沐浴液、牙膏、一个新睫毛膏——购物让人感觉幸福。一个周六，放射科女医生劝我晚点别去店里了，我们坐在沙发上，打开一瓶红酒，看犯罪现场调查节目。我幸福得快哭了。

圣诞节前两周奥利弗休了剩下所有的假期，来到维也纳。这也是最忙的时候，我马上就快崩溃了。我们连轴转，应付潮水般的订单。我们其中一个人每天在电话前一个小时告诉供货商我们需要的书号。我想起来很多年前我认识的一个朋友开发了一套书店订货系统。我给他打电话，他着了魔一样跟我们解释如何在一夜之间就把系统买完并安装好。我们突然感觉自己专业极了。

销售额迅速上升，人们来买书或订购，我们给他们提供咨询和建议、查找书目、收钱、包装、收货、开发票，做事的时候心情不错，也得到了很多乐趣。我们最早也要忙到下午六点。然后拖着疲惫的身躯回家，希望有人已经做好了饭，祈祷小女儿没在幼儿园午休，这样就能早点上床睡觉了。我们喝点红酒就香甜入梦了。我在梦里也在找书，试着想起顾客的名字，然后就是不停地找零钱。

我的生日就在圣诞节前不久，当然有人记得，我自己却没什么概念了。中午人不多的时候奥利弗问我："你想怎么庆祝生日？"

"一句话都不说。"

我属于最爱跟人交流的类型，本来我特别喜欢派对，但是我现在一想到晚上要跟人聊天，头上就开始冒汗。幸亏我们店里也有DVD，我们的邻居里有一个不错的中国人。来吧，亲爱的，一条温暖的毛毯，枕头和许多小巧的亚洲菜——这是我过的最好的生日之一。

平安夜前第二天，我忙里偷闲去机场接回大儿子。他上车坐在副驾驶位子上，话不多，听起来还是北德口音，跟我记忆中一样。他又长高了半头，他的头发乱蓬蓬地纠结在一起，一位陌生的年轻人和我一起坐在车里。我试探性地谈起下一个学年，十月份我把他一个人留在了汉堡，今年也就罢了，但是明年他得来维也纳，在叔本华大街的文理中学里完成最后两年的学习。"噢，嗯。"他还是那么沉默。

我把他和行李带到了万珞玛，因为放射科医生的小房子里没有他睡觉的地方。老太太是一位旧友的继母。我儿子还小的时候，可以说是被她领养了，从那时开始就是她唯一的孙子，包括去幼儿园接他，辅导他写作业，给他专门腾出一间儿童房，放了很多玩具，我们也签了建房储蓄合同。她从来没原谅我当时把他带到了汉堡，但是现在还是很高兴能和她的宝贝"孙子"一起度过一周的时间。

平安夜那天下午我们两点就关好商店，把圣诞节马槽拆下来还回去，然后拖着疲惫的身躯开心地回到了夏夫山旁的小房子里。圣诞树基本装饰好了，放射科医生朋友和他的两个孩子到电影院去看电影《派特森与芬达猫》，我们可以稍微午休一下。

晚上大儿子过来了，我们坐在圣诞树下，组成了一个幸福的大家庭。礼物里面有书籍、听力书和一些游戏，还包括关于图书零售商订购系统的东西，这是谁买的呢？我和奥利弗什么都没送什么给对方，两天的休息时间是我们能想到的最好的礼物了。

7

　　我更擅长社交，没有所谓的咨询或办公时间，任何人都不需要预约，九点到下午六点我都在店里，我可以和所有人聊天。午休的时候员工经常给我打电话，因为有人找我。也不断有原来的老朋友来到我们的小店里，有时候不能很快对上号，就稍微有点迷茫。中学同学、不同专业方向的大学同学、前男友、现在刚刚过了青春期的儿子幼儿园上学时候认识的朋友等等。

　　"你好！我们原来认识！"

　　"是吗？"

　　"我记不太清楚了，我们在哪里认识的，大学吗？——对了，我想起来了，1987 年大学罢课的时候。"

　　那一瞬间感觉非常震撼：那段荏苒时光的特点就是滥交、

疯狂的夜晚、不断地换情人，这也是一个看起来对摆脱保守的父母必经的阶段，也就在那段时间我有了现在的儿子。我还能模模糊糊想起站在我面前的那个男人。他学法学，这是当时符合政治正确——从我的角度来看——的少数几个法律学科之一。我觉得我们当时就是在不同的学生组织里坐在一起聊了几次。

他现在来买圣诞礼物，很高兴看到附近有家书店，然后邀请我们参加他的元旦派对。派对！第二天也不用上班！喝酒！不工作！我正在做着美梦的时候奥利弗告诉我："我们到年底得盘点了，但是如果我们结束得早，肯定会去参加派对。"盘点是不是就表示我们把两个月前放到书架里的书拿下来，清点之后再放进去？

好在已经卖了一些，但是还有新书补充进去。我不知道到时候会是怎么样。但我其实也不是真正的书商。

神奇的是我们晚上十一点就结束了，我们飞速换好衣服去参加我们在维也纳的第一个派对。除了主人以外我们谁都不认识，但是也没啥。我们对还有吃的东西感到很幸福，这样我们匆匆赶过来也就值了。我们手里拿着红酒杯，最后相偎坐在沙发里。

8

　　我们白天晚上在书店忙活的时候把楼上的房子收拾好了。通过旋转楼梯将书店的内室和楼上连接起来，我们在楼上施工的时候顾客也很享受地板抛光机和冲击钻的轰鸣声。关门以后我们经常顺着旋转楼梯上去，我经常设想我们从夏夫山旁潮湿的客房里搬到一百五十平方米的大房子里会是什么样。房子里有一间贴好瓷砖的厨房，还有一间浴室，在PVC膜下面还有奇迹般明亮的木地板。我很期待有更多空间，另一方面我也很难想象我们现在从胡拼乱凑的状态转换到父母孩子的家庭生活会是什么样。住在我的医生朋友家里充其量就是有片瓦遮身，这个模式适合于大家庭——一起集中购物、制定时间表照顾孩子和完美的分工。我们的孩子很神奇地很快就适应了有其他兄弟姐妹的生活。医生朋友已经适应了夜间出诊，晚上我可以在家照顾。

本来我特别想要许多孩子，现在鉴于我在未来几年必须勤奋地工作，只能放弃这个想法了。我没法想象怎么生孩子，作为创业者也没法休产假，反而是这个有条不紊的大家庭显得更适合我。至少大多数时候我这样认为。因为我工作太忙了，因此给早餐面包抹上黄油，小孩子们定期发脾气，包括扔到墙上的菠菜餐盘都让我感到放松。唯一不舒服的是医生夫妇晚上工作的时候孩子们传染给我的肠胃病毒，早上四点的时候我所有的床单都吐脏了，第二天我拖着翻江倒海的胃站在店里的柜台前面。

我们都在热切期盼奥利弗在出版社工作交接完毕。三月份开始他的图书零售商生涯了，会搬到维也纳跟我们住在一起，我们会分担工作。我们到时候就不需要雇用销售管理员了，收入就都是自己的了。

房子改造好以后我们至少也不需要付房租了，当然我们在放射科医生朋友那里住也是免费的。

维也纳的冬天下了很多雪，有时候有轨电车都停运了，我们就玩"吵闹村"（瑞典童话里的村庄），带着孩子们穿着溜冰鞋去学校。医生夫妇决定二月初度假滑雪一周，而其中一个保姆生病了，另一个不知道出于什么原因得赶紧回斯洛伐克，我就有点紧张了。幼儿园每天下午四点关门，周五两点就关门了。迟疑中我请来了我的婆婆，尽管她到目前为止并不是个称职的奶奶。其实工作很简单，就是每天从幼儿园接孩子，忙活两个小时然后我晚上回家的时候能吃上口热乎饭。她告诉我不会有事的。事实上也差不多，就是有一次她晚上得赶紧出去买东西，结果走丢了，三个小时之后才打车回家。另一次她没去买东西，晚饭给我热了二两昨天剩下的面条。我爆发了，大吼一声"我工作了一整天，我得好好吃点东西！"她一句话不说，算是默认了。小女儿很高兴可以随便看电视。有时候婆婆也会在书店里开心地浏览目录，把钱存到银行，然后奔向新的样书。每个人都尽其所能。

这一天终于来了！奥利弗带好随身的东西，驱车一千一百公里再次来到维也纳，这次不会再走了。我们终于又在一起了，我们的关系甚至比以前更亲密了。白天我们在一间四十平方米的书店里，晚上睡在一个小房间的 1.3 米宽的沙发床上，有时候跟小女儿一起，偶尔跟两个孩子在一起。但是我们始终怀有梦想，我们一定要成功，我们可以的！一定会成功。书店楼上的房子装修进展缓慢，医生夫妇也从来没问过我们今后打算怎么办。本来我们就打算住上几个星期就搬走，但是好像没人愿意我们离开。期间我们的女儿过了四岁生日，而且在花园里藏复活节彩蛋也很方便。小女儿也不愿意再搬走，成为家里唯一的孩子。医生朋友的房东寄来的一封信让我们感到有些紧张。

　　我经过多次观察发现，您朋友的拜访变成了长期居住，房子里由原来的一个家庭变成了两个，这样就涉嫌严重违背了租房合约，后果自负。

　　我希望您在两到三周之内答复我，您朋友的家庭是否会继续住在房子里，或者什么时候搬走。

　　祝好！

9

　　期间书店里基本都是常规工作。我找零钱的时候不会再经常算错，奥利弗几乎可以用标准的奥地利德语问"您需要袋子吗？"我们尝试着带来新鲜的东西并保持幽默，黑眼圈没了。每当我偶尔想起，现在就是我们想要的生活的时候——最起码是未来的三十年——我就突然不太确定我们做的是不是正确的事，这时候我就试图不去想。每次入睡前我都知道，我们再也回不去了。

　　我们在这个地方很受欢迎——最起码是来买书的人，其他人也不认识我。很多人都跟我们说，很高兴这里重新拥有了一家书店，而且他们五十多年前的教材都是从我们店里买的。我们没有的书都会去订好。如果他们想去别的地方买书，他们起码会说："不，我不想去城里买！明天我再来取吧。"一定有一条神奇的边界，所谓的"城里"其实也不过七分钟车程，坐电车也就五站地，不过对于我们附近的人来说，那里明显好像是另一个星球。是这样的，几个月之后当我想从对面的工具商店里买零件，恰好没货的时候我发现自己也用上了这句"不，我不想去城里买"。

奥利弗在汉堡自然不仅仅顺利地交接了工作，让大儿子住在朋友家里，而且把房子里的东西都打好包。其中包括我们收集的几千本书。从汉堡搬到维也纳耗资巨大，如果提前几周预约可以省点钱，但是时间不能再推了。即使新房子严格意义上还没收拾好，主要是一百三十平方米的地板还没抛光。三百个纸箱子在楼梯间放了两个星期，剩下的东西放到未来的餐厅里。我们的想法很好：一套整齐的房子，组装的书架、柜子和梳妆台。我们把箱子都做好了标记，让强壮的男人把它们各归其所，我们只需要打开包装，把衣服放到抽屉里，把书归置到书架上。这个过程总是很漫长，因为必须按字母顺序归类。一个房间放 1900 年前的文学作品，一个房间放德语书，一个房间放外国文学作品、实用书籍，还有几个角落里放法语书和其他类书籍，起装饰作用的马内塞[①]书架放到餐厅里。现在我们的全部家当都在楼梯间，我们还继续住在放射科医生朋友家里，我们的地板总会弄好的。

我们小心地跟房子和书店周围的接触取得了很好的效果。有一天下午一位容貌姣好的四十多岁的女士来到店里，向我友好地伸出她的手说道："您好，我就住在对面，我们的女儿差不多年纪，很高兴认识您。"到了我们这个年纪不再需要慢慢地套近乎和客套寒暄。如果还有精力结识新朋友，而且兴趣脾气相投，这样就够了。接下来我们谈到一起去看歌剧、彼此的育儿经、两个女儿一起到小学参观，然后在对面大花园的喷泉前面聊天。

罗伯特也是我们通过朋友认识的。就在我们开业之前，我们想在门口挂个横幅吸引邻居们到我们的书店来，区议会的某人告诉我他就住在附近，而且他有一条长梯。我们找到罗伯特，和他一起把梯子搬到书店来，而且他还帮我们立刻就把横幅挂上了。

罗伯特的职业是建筑工程师，我们认识他的时候根本不

---

① 马内塞（Manesse），苏黎世的贵族马内塞家族，收集整理了最著名的中世纪德语诗歌手抄本《大海德堡诗歌手抄本》，又称《马内塞古抄本》。

知道，他会在我们生活的几个阶段成为最重要的朋友。第一次他帮助奥利弗，一点点把书架组装起来，然后我跟他女朋友负责油漆。奥利弗已经变得很坦然地接受帮助了，他终于明白，我们的生活如果缺少援手根本就行不通。

时间过得很快，我们从放射科医生朋友家搬到了自己的房子里。突然从七平方米到了一百五十平方米，我们不再使用宜家的架子，而是拥有了整体橱柜，离开了大家庭回归了我们的小家庭。安装橱柜和浴室柜子的时候我感到很开心，孩子们有了自己的上下床，床板下面有透气孔，不再需要跟其他孩子挤在沙发床上了。但是上床睡觉的时候突然感到有点孤单，开始怀念晚上聊天的日子，也不想从箱子里把游戏拿出来了，跟谁玩呢。我们得把奶嘴重新开封。我能理解，其实我也很少单独跟丈夫和孩子在一起。我们马上就习惯了，每周固定两天让孩子们一起在我们家睡一晚，然后在夏夫山睡一晚，我们也约好一起出去度一个星期的暑假。

我们呢？我们突然就和工作住在了一起。连接书店内室和我们房子前厅的旋转楼梯就成为我们生活里的关键点。一开始我们还担心不管是我们还是小女儿会因为我们的大胆出危险，不过我们很快就能在铁楼梯上飞奔了。早上手里拿着咖啡杯，一整天都上上下下的煮咖啡，要么打开洗衣机或者吃午饭。奥利弗带女儿上幼儿园或者她在朋友家睡觉的时候，我经常一直到中午都不知道外头的天气到底怎么样，我不需要穿夹克或者乘坐交通工具到工作单位，有几次我甚至都忘了穿鞋。我在烤箱里烤鸡肉的时候香气飘满了整个书店，客人感觉特别幸福和放松。放射科医生的孩子每周在我们家睡觉的时候都会举行一个仪式，而旋转楼梯扮演了重要角色。吃完晚饭、刷好牙、穿好睡衣之后我会跟三个孩子穿着厚厚的袜子穿过楼梯走到书店里。店里只开了一个小夜灯，他们摸索到儿童专柜。他们可以在那里找一本睡前故事书，相当于从书店里借出来，读的时候要很小心，第二天早上再还回来。"我要找一本很酷的、玫瑰色的、实用的书"，找书的过程经常比读书的时间还要长。

他们后来已经是处于青春期的大孩子了，最喜欢的东西是耳机和智能手机。他们有《哈利·波特》《龙骑士》[1]和《波

① 二十世纪福克斯电影公司出品的一部科幻片，由斯蒂芬·范米尔执导，爱德华·斯皮伊尔斯、杰瑞米·艾恩斯主演。

西·杰克逊全集》①。我们的女儿刚好发现了维克多·雨果，还喜欢读《契克》和《蚂蚁的眼泪》，旋转楼梯渐渐成了回忆。但是他们三个人至今都还能记得当时在书店里穿着睡衣的夜晚。也许很大程度上正是这样的时光让他们都变得很爱读书。

工作单位和家离得太近也有缺点，那就是必须不停地工作，或者不工作的时候就会感到不安，因为那些需要做的工作就在楼下，很清楚就能感觉到。不过就在我们选择这样的生活，决定在书店工作之后，我们同时——之前并不知道——也就决定了要不停地工作，距离近也就让事情变得更简单了。晚上我们吃完晚饭，哄孩子睡觉之后，我们就打开儿童房监控，然后两个人一起来到我们的"矿井"，因为我们每周都需要工作超过六十个小时。

我们又碰到一个好人，她让我们的生活变得更轻松。这是一位来自智利的女大学生，她就住在我们楼上一间带浴室的小公寓里面。她家里既没有洗衣机，暖气也不好用，而我们的洗衣机刚好够洗四个人的衣物，我们家的厨房也挺大，她可以每天暖暖和和地在桌子上学习。洛雷娜擅长烤东西，而我会煮饭，她家里没有电视机，而我们经常会需要保姆，

———————

① 波西·杰克逊系列群书是当今全世界最畅销的青少年小说系列之一。

这样我们就变成了双赢。

我们早就慢慢意识到之前设想的适合沉思的"精致的小书店"想法破产了。当然我们的书店确实很小也很精致，但实在无法沉思，起码对我们来说是这样的。因为我们要工作，而实际上店里几乎没有闲暇时间，从早上九点到下午六点人潮不断，他们当然会问关于书的问题，如何饲养动物、数学书答案手册、圣经、果木修剪指南、简·奥斯汀作品精装版、针织帽编织书籍、凯尔曼①的新书、给父亲的礼物——其实他根本不会去读、基克拉泽斯旅行指南（"什么，您不知道书在哪儿？"）我们努力备好所有现在的读者可能需要的书，因为我们想做到最好，必须以顾客为本，最好的事情就是大家要找的每本书我们都有货。这其实有点难，因为四十平方米的面积太小，它始终是一个充当大书店的小房间，而在每个销售心理学家——他们上课都会把我们作为反面教材——给出的解决方案都是让我们向楼上发展。

旧书架一直高耸到顶棚，我们会毫不留情地把它们填满。想要找最上面的书必须踩着很长的梯子，我们把上面固

---

① 丹尼尔·凯尔曼（Daniel Kehlmann），德国作家，著作包括《丈量世界》等。

定住，下面通过滑轨可以在半个书店的范围内滑动。我们想，要是楼上没人就好了。因为我们在餐厅的时候如果有人要买去埃及（德语埃及首字母为 Ä，按照字母查找对应英语的 A）的旅游指南（A 开头的书当然在上面）或者托马斯·伯恩哈德[1]（口袋书也在最顶上）的书，我们的地板就会像遭遇中级地震。我们在营业时间会偶尔上楼，这时候我们听到的噪声对我们来说确实很优美的，因为每一本卖出去的书都是好书。当然楼下也能听到楼上的声音：如果三个孩子在楼上嬉闹或者拨动旧钢琴，我们的顾客也能听到动静。

我们想备全顾客所需书籍的理想没有边界，慢慢地我们的私人空间就变得越来越少，书堆放得很凌乱，不过最重要的是我们知道书在哪儿。因此形成了例如"小王子角"、"狗—马—瑜伽—高尔夫专柜"、布热奇纳[2]角，另外还有些书虽然我们店里有，但是却不一定得摆出来，例如《妈咪色情》（成

---

① 托马斯·伯恩哈德（Thomas Bernhard，1931-1989），富有个性的奥地利作家，他的代表作有长篇小说《寒霜》《历代大师》，剧本《鲍里斯的生日》等，先后获得数十种重要的文学奖项，包括德国最重要的毕希纳文学奖、奥地利国家奖等。

② 布热奇纳（Thomas Brezina，1963-），奥地利著名儿童作家，著作包括《我的怪物伙伴》《冒险小虎队》《神探马克和"鬼怪"》《神奇自行车》等。

人小说）书或者萨拉青的《德国自取灭亡》①。这些书如果有需要的在任何角落都能找到。最荒唐的就是放色情类书籍和历史小说的书架，因为总是能空出地方来，我们就设立了专门的格拉陶尔②专柜。

书店里必不可少的是多德雷尔③作品专柜，来自北德的奥利弗顺其自然加入了海米托·冯·多德雷尔追随者行列。大相框里的一幅黑白照片上，多德雷尔手舞足蹈地在读书，里面堆放了他写的以及关于他的不计其数的书，既有科学著作也有古文物研究，很多顾客一开始没能认出大诗人。维也纳人的习惯是大声说出自己的想法："这人到底是谁，动作怎么这么迟钝？"幸亏奥利弗没在书店，要是让他听见，一个德国人身处奥地利，内心会非常难过的。事实上奥利弗对奥地利文学深有研究，他熟稔每年的

---

① 萨拉青（Thilo Sarrazin），社民党人、前德国联邦银行董事会成员，他在此书中指责穆斯林移民不愿意融入西方社会，要求对外国移民进入西方社会进行严格筛选，提出更高的要求。同时，他还警告德国人，不要沦落成自己国家中的外国人。

② 丹尼尔·格拉陶尔（Daniel Glattauer），奥地利著名作家，代表作包括《第七次约会》《我们不见面，好吗》等。

③ 多德雷尔（Heimito von Doderer, 1896–1966），代表作包括《帝国的秘密》《另辟蹊径》等。

乔治·马库斯 [①] 获奖作品迪特马尔·格里瑟 [②]，能正确拼写塞德拉克采克 [③]。勒温格女士来店里的时候，尽管他不知道具体是谁，但他能应对自如。只有一次，一位不耐烦的顾客想找霍拉贝克 [④] 的新书，奥利弗紧张得出汗了。他是奥地利历史上的政治家吗？还是约瑟夫施塔特 [⑤] 的演员？或者他不熟悉的功勋歌唱家？"就是那个，您知道那个法国人吗？他写了一本关于岛屿的书。"哎，要是我们都能记住韦勒贝克 [⑥] 怎么写就好了。

对奥利弗来说，好处是顾客对他有清晰的定位。"是那位德国人帮我订的书！"如果顾客的书不好找，经常会听到顾客这么说，这些顾客会讨好似的问我在哪儿："你们的老板娘今天没在吗？"有一次一位老先生说他是"带有帝国德语口音的不友好的同事"，至今想起来我们还觉得非常可乐。

---

① 乔治·马库斯（George Marcus），美国加利福尼亚大学人类学教授，创立了文化人类学。

② 迪特马尔·格里瑟（Dietmar Grieser），奥地利作家，代表作包括《黄昏》《爱在维也纳》等。

③ 塞德拉克采克（Sedlaczek），奥地利作家。

④ 霍拉贝克（Hollabek），奥地利作家。

⑤ 约瑟夫施塔特（Josefstadt），维也纳市的一个区，靠近市中心。

⑥ 韦勒贝克（Michel Houellebecq），1958 年出生于法属留尼旺岛，代表作有《圣爱之旅》《维勒贝克绑架案》等。

有时候我去幼儿园接孩子会碰到一位和蔼的老爷爷，他之前是市里一家大书店的书商。现在他有三个小宝宝，他的太太又去工作了，晚上他在奥地利其中一个最好的合唱团里唱歌。"您还想回归图书销售吗？"他推着最小的宝宝走过的时候我问他，他盯着我看了一眼，"好啊，只要你给我份工作。"他从事多年图书销售，现在他每周有两个上午会在收银台上班，他又在书店里找到了自由，我们没给他安排管理任务，也不给他安排补订或者后台的工作，九个星期的暑假我们把他的班集中排到了一周，这样他就可以完整地度过八个星期的假期了。周六他也可以休息，在店里的时候他总是会给孩子们各自的护理机构打电话，期间他会轻声唱歌，所有人都很喜欢他的歌声，也包括女同事们。他的精力非常充沛，即使有些顾客不友好，他还是会笑着面对，他有时候不是很有耐心，这也可以理解，毕竟他要抚养三个小宝宝，而且他们之间年龄差距也不大。当 M 女士来找他的时候，我们都默默走开，因为他们会大声讨论新上演的歌剧，分析合唱团的指挥和舞台布景的转换，其他想订书或者取书的顾客必须得等等了。他们的艺术讨论还在继续，我们可爱的同事要是能打断他的歌剧迷朋友就好了。对她们来说，彼得不在的几个月购书欲望锐减，她们的日子很难过，这些中年女士对他无话不谈，而他也乐于倾听。彼得还对树木很了解，G女士想买棵新杏树，而她不再相信任何园丁的话。本来她就想买一本关于果木的书，而跟她所信赖的彼得谈过几次后发现对她帮助特别大。

10

随着我们的销量日增，工作也越来越多，我们只能继续扩建我们的团队。刚好有位年轻女士来到店里，问我们能不能给她妹妹提供一个学徒岗位。太好了，她妹妹！怎么不行？能让她自己来一趟吗？这位年轻的小妹妹野性十足，长长的头发，不同的黑色衣服穿了好几层。她属于没有受过良好教育的社会阶层，从小跟随父母从波兰移民而来，还没上高中就辍学了，她在另一家书店当学徒还没等试用期结束就被辞退了。现在她就坐在我们对面，沉默不语，也很害羞。她说她唯一的梦想就是成为书商，不知道为什么，但我们相信她。我们听说，有一位同事九月份开始学徒，然后过了圣诞季，尽管还在三个月的实习期限内，就被辞退了。廉价的圣诞节助手。我们眼前的这位年轻女士也有过这样的遭遇。她说自己没有地方学徒的时候继续到职业学校进修去了，我们就决定给她一个机会。她在店里已经工作第八年了，期间生了三次病，不管店里忙成什么样，她就是我们不可或缺的力量。她之前没告诉我们，她还有一个身份，因为她很显然还不太信任我们。一周里有两次她很着急地离开书店，因为她得参加乐队彩排。她是一个死亡金属乐队的贝斯手。我活了四十多岁，从来没听说过还有什么死亡金属这样的音乐流派。后来我听说，所有的女同事经常会去听他们的演唱会，我和奥利弗也决定去看一下我的女同事的另一面。

演出在周五，座位在第七区，最早开始时间晚上十点。

我们把汽车停到一个小巷子里。大雨倾盆，我们跑到莱辛菲尔德大街。按照所说的地址我们找到一家小酒吧，里面的桌子旁稀松地坐着几位客人，一条陡峭的楼梯通往地下室。一位穿着黑皮衣的彪形大汉站在包裹厚重的门前收取了五欧元的门票。他打开门的一瞬间我们就立刻被音乐声浪包围，我们伸手点了啤酒和鸡尾酒，然后环顾坐满一半客人的房间。舞台上站着四个高大的男人，及腰长发，手里抱着各式乐器。他们中最高的那位摇晃着毛茸茸的头发，怪声怪气地对着麦克风唱着没有任何旋律的歌曲。观众席上坐着我们书店的几乎所有团队成员，合唱团的歌唱家晃着脑袋打着节拍，我们相视一瞥。我们是没法欣赏了。她突然出现在我们面前，盯着我们，脸色惨白："惨了，我的老板来了！"她搂住我们的脖子。

接下来登台的就是"虚空创作"乐队，麦克风前的主唱起码有两米高，我们的同事是舞台上唯一的女士，她拿起贝斯弹响第一个音符之前，朝着观众笑一笑，目光投向我们，就好像在学校演出时，要给大家送上竖笛伴奏的圣诞歌之前向父母致意。

他们不断地前后摆动着不可思议的头发——我刚学会，人们称之为"撞头"——我就想到她的日常形象，她会耐心地在店里给妈妈们介绍有内页和没有内页的纸板书，讲解关于独角兽故事的亮片书和讲述小马驹的启蒙书。

三刻钟之后，鬼哭狼嚎结束了，我们的耳朵还在嗡嗡作响，过了午夜之后我们继续坐在酒吧区里喝着暖啤，突然我感觉特别棒——和同事在死亡重金属酒吧聚聚，为什么不呢？

11

　　我一直都是工会会员，上大学的时候就已经是了。我的家庭非常保守，父亲挣了钱之后，支持的党派依然是奥地利人民党，而我母亲是家庭主妇，她唯一关心的是我的父亲。

　　我之前始终支持绿党，有一次选了奥地利共产党，有时候会出于选举策略原因选择支持奥地利社会民主党，就好像我的选举策略会随着奥地利社会民主党模糊不清的政策有所改变一样。我之前说过，我一直是工会会员，也是劳动者协会成员，现在我成了企业家，突然就站到了对立面。我到底是站在哪一边呢？我考虑在学徒期后临时雇用一位女职员，我不想出什么差错，然后就给商会打电话。商会里的一位友好的先生给我解释了所有关于临时合同的细节，也给我提了其他有用的建议："您知道吗？您别雇用三十岁以下的女性，尤其是不能做临时工，因为她们会生育，这样您就有用人缺口了。"我很感谢他的建议，很高兴我之前的雇主雇用了我——虽然我是女性，不管是三十岁以下还是超过三十岁，在我的生育年龄，还带着一个孩子，而且很明显也很愿意再生。

我原来有时候是班级的发言人，在大学的时候也看得很重要，最起码能排到第二重要地位。我小时候梦想成为演员，或者至少去马戏团，上大学的时候我希望成为著名历史学家。我决没想过自己有一天会成为企业家和老板。我买下书店拿到营业执照之后突然就变成了企业家。"企业家"这个词我很少用。我管理了点东西，这个词其实很中性，在我的政治生涯中我认为企业家的目的就是获取附加值，他们赚的钱是雇员的十倍，因为他们"承担所有风险"。我将"企业家"这个词跟我父亲之前的老板联系在一起，我虽然没见过他，但在我意识里还是跟之前一样认为他是史高治·麦克老鸭或者伯恩斯先生（核电站老板，霍默·辛普森就在哪里工作）的混合体。他是一个性格暴躁的小个子男人，他经常会毫不留情地让员工卖苦力，自己却富得流油。

而现在由我和奥利弗承担了全部风险，我们的工作时间至少是我们雇员的两倍，然后可以在填表格的时候在职业一栏填"企业家"了。我还没让任何人变成自己的苦力，不管有没有原因，而我们也不是富得流油。但我们还是良心不安，因为我们从书店里挣得比雇员们更多。整体来看很复杂，因为我们之前根本不知道今年能不能盈利，或者我们用来生活的钱是不是真的物有所值。我还是雇员的时候，我每个月初都知道我不会变得富有，但我的工资是一个真实的数字，可以计算的数字。现在我们每个晚上都会把钱存到银行，每天都会经手很多账单。我们计算出我们大体生活所需，然后把钱从一个账号转到另一个，看起来很简单。经营书店的第一年是我们最大的未知数：我们赚的钱够付房租吗？我们能不能付得起佣金？我们一整年都花钱，我们能挣这么多吗？我们能还得起债吗？有时候我问我丈夫，他是家里的计算器，而且将一切都进行统计，对 Excel 电子表格非常熟悉："你说我们到底是穷还是富？"他用怀疑的眼光看着我，缓慢地说："我还不知道，但我们确实不富裕。"

另外，还有我们的女雇员们。她们是经过培训的图书销售人员，按照贸易工资进行支付。也就是说，理论上她们作为图书零售人员不会比面包店销售员挣得更多。实际上也没有，我对面包店销售员没有偏见，但是面包销售员会抱有什么期望呢？她们知道全麦面包的所有成分，也知道谷物产自哪里，如何被磨碎，如何发酵，每个牛角面包加不加果酱都各有多少卡路里吗？一位合格的图书零售员必须知晓去哪里找库存的二十本美国旅行指南，以及哪本书里有奥兰多城市的信息；乔治·海姆 [①] 属于哪个文学时期。凯尔曼的新书跟斯文·雷根纳 [②] 的作品相比如何；一年级中期孩子的启蒙书有哪些；等等。

　　我的同事们经常会承担专业领域的搜寻工作，花上几个小时寻找加勒比地区偏僻海岛上具有地方特色的犯罪小说，有时候他们也得向顾客解释，因为他们从我们这里买的一本登山向导书里面的路途、时间不对。我们有时候也会成为顾客的目标，有人买了一本西班牙儿童读物，是她旅行的时候给孙子买的，想让我们帮忙翻译，而她的孙子并不会说西班牙语。我们的同事只能回答："我也不会说。"这位女士快快不快地离开了书店。

　　我们的雇员就这样挣一份小时工资，这点钱对很多人来说根本雇不起清洁工。理论上我们可以多支付工资，但是我

---

① 乔治·海姆（Georg Heym，1887-1912），德国诗人。
② 斯文·雷根纳（Sven Regener），1961 年出生于德国不来梅，作家兼歌手，著作包括《西柏林恋曲》等。

们确实也没有那么多钱。每一天我都会有些不安，因为我的同事们尽其所能做的事无论如何都没法通过工资体现得那么完全。对文学和所有的实质性问题相关知识、英语和法语标题的正确写法、地理和政治知识、孤独老人的娱乐节目、生活中所有问题的辅助知识，不管是离异父母、多动症孩子还是不注意卫生的狗狗——所有一切都有对应的书帮你解答，这就是我们的工作，而提供建议是免费的。尽管我们的书店做得很成功，销量也节节攀升，小店里总是人满为患，我们现在也只能支付比法定标准工资稍微高一点的薪水。即使我们十年之后还是从收入中拿出同样的款项，如果按照小时换算，也刚好是跟标准工资对应起来。至少我们从工资里不需要拿钱出来买书了，我们的小汽车也成了货车，还可以抵税，这对我们的家庭收支来说实在是利好消息。

要解释这一切也许只能用"激情"这个词了。也许有人也会说我们疯了。我们每天工作十个小时，期间我们介绍了各个流派的二百本书，之后我们还能坐在餐桌前，很兴奋地打开罗沃尔特 [1] 和汉泽尔 [2] 的样书包裹，为奥

---

[1] 罗沃尔特（Rowohlt），德国出版社，位于柏林。

[2] 汉泽尔（Der Carl Hanser Verlag GmbH），德国出版社，1928 年创建于慕尼黑等。

斯特 ① 或者 T. C. 博伊尔 ② 的新书感到高兴，就好像我们的床头柜上什么书都没有一样——这是一般人做不到的。这是我们的爱好，我们两人对此都欲罢不能。我们的小女儿也受到了感染，跑向大儿童出版社寄来的样书包裹。小女儿到了五岁就可以自己读书了，不再满足于父母给她读书的那点时间。然后她就自己读书，然后跟我们讨论，她越来越懂事之后也不知道什么时候就树立了成为书商的梦想，感觉她有点像传教士的味道。如果她觉得哪本书比较好，她也希望从我们这里知道这本书卖得很好。即使有人对此提出疑问。这个问题其实并不简单，因为她有自己的喜好。尽管她还是小姑娘，其实原则上谈不上真正的阅读，就是爱看一切表面上好像给小女孩写的书。她读的书并不一定是给她这个年龄写的，她七岁了，喜欢看问题小说，离婚、胡拼乱凑、沉重的友情故事等等。"你把书卖了吗？"每天吃晚饭的时候她都会问。

"呃，很难说。你知道吗？如果我跟客人讲故事说这本书里讲的是一个小姑娘，她父母离异了，然后……然后大多数顾客都会打断我，不想买这本书了。"

---

① 保罗·奥斯特（Paul Auster），1947 年出生于美国新泽西州，集小说家、诗人、剧作家、译者、电影导演等多重身份于一身，被视为是美国当代最勇于创新的小说家之一。

② T. C. 博伊尔（Thomas Coraghessan Boyle），1948 年出生于美国，小说家，代表作有《水乐》《女人》等。

"为什么不想买了呢？"

"因为他们不想让孩子读什么离婚的书。"

"为什么不想？"

"因为他们会说，这跟他们的生活没有关系，孩子们不想读。"

"但是大人们也会读一些跟他们生活没有任何关系的书啊。"

"你指什么？"

"好吧，他们也会买犯罪小说，但是也不想第二天就杀个人吧？"

也许她是对的，我想了一下，要是文学作品都是写跟每个人的生活有关的事情，那得有多无聊。这样说起来的话，好像一个女会计，未婚，每天朝九晚五，养了一只猫，想找一本符合自己生活情景的书。人们总是想看看其他的世界，喜欢戏剧和冒险，为什么小孩子反而想读描写他们生活情景的书呢？

我们的女儿今年十三岁了，她会阅读任何描写这个年纪孩子的书。她写的销售指南一般是："很酷的书，但是不要给十四岁以下的孩子看，太糟糕了。"

12

　　有时候我们都无法相信我们的好运。我们一无所有，买下一间书店，很幼稚，也没钱，就把书店扛了下来。而第一年我们经营得还不错，起码可以支付租金，还能填饱肚子，我们甚至还休了一个星期的假。尽管我和奥利弗几乎都处于长期透支的状态，但我们起码了解对方的感受，相处的时候也很小心。小女儿成长也很顺利，起码第二次换完幼儿园以后还不错。带有漂亮花园的天主教私立幼儿园对我们来说有点太压迫孩子，有时候女儿会说他们会排成两行在花园里行军一样，即使温度超过二十五摄氏度也很少待在荫凉里，甚至还不许他们脱掉鞋子，我们听到之后感觉很不舒服。她还能朦朦胧胧地回忆起在汉堡的幼儿园里，温度一旦超过二十摄氏度，原则上他们就可以光着屁股在泥浆里玩耍，下午会用童车推着孩子们到公园里野餐，看起来她还不是很怀念，但我们却想念那段日子。当时的经历还历历在目，而现在每天不得不忍受孩子严格的作息制度。我们又没有机会在社区幼儿园的广场上闲逛了，我们又错过了那样的时间。接下来我们送的幼儿园是一个小俱乐部，还有一位母语说英语的老师。房间很昏暗，花园也很小，但是护理老师和其他父母都很和善。女儿很高兴，唱着"头、肩、膝盖和脚趾"和"爬水管的小蜘蛛"，每天她都喜欢坐在幼儿园女园丁的腿上。就是有时候会抱怨那里的素食。

我们工作很辛苦，不工作的那点有限的时间，我们特别想跟小女儿一起过一过正常的家庭生活，所以内心充满了愧疚。十二月份的时候因为我们工作太忙，几乎没有固定的就餐时间，唯一能让一切显得有点秩序的就是我们的清洁工。

而我们的女儿却好像没受影响，她幽默、外向也很独立，睡得好，后来上学了表现也很好，一点也不难带。她读到一本书，讲述一个家庭收养了一个中国小孩，她就对这个题目很感兴趣。"收养个孩子是不是很好？"

"收养就是让失去父母的孩子住在自己家里，照顾它，视如己出。"

"每个人都能收养吗？"

"嗯，必须得好好看一下，是不是会对孩子好，要详细检查收养人的情况。"

"你们呢？你和爸爸？你们会收养吗？"

"很可能不行。"

"为什么不行？"

"因为我们俩都要工作，也许人家会觉得我们没时间照顾孩子。"

"他们可以问我啊！我过得挺好的。"

就这样我们聊完了关于领养的问题，庆幸的是她没看到我眼里的泪水。

孩子慢慢长大了，她至少可以自己安排圣诞节来临前的那段时间了，她也知道指望不上我们。我们的女儿一点也不腼腆，她会到医生朋友家吃饭。她还认识了一位喜剧演员，他也是一位已婚的美食家，就住在离我们家十个门的楼里，有一段时间在她的手机里将他设成最喜欢的人之一。

十二月的最后几个周我们每天靠匹萨和隔两条街的亚洲餐馆果腹，有时候朋友也会给我们做饭，他们很理解，我们有时候不太说话，就是吃饭、喝水，然后回家。我同时接待四位顾客，电话还不时响起，一位同事和我一起包装礼物，然后我注意到小女儿就站在我旁边的收银台那里。已经到下午了吗？放学了？"有吃的吗？"她低声问我。"没有"，我小声回答她。她喃喃自语地说着什么关于伊迪丝^①的事就走开了。

十分钟之后她穿过书店告诉我她要去找朋友，虽然朋友的母亲上夜班，但跟我不一样，她还有时间做饭。

---

① 伊迪丝（Edith），小女儿在学校的同学。

13

　　工作、工作、工作，除了工作我们也尽量抽时间照顾家里；我们仅有的业余时间都给了小女儿，有时候我们会忘掉重要的事情。我们有好几天都没跟汉堡的儿子通电话了，我夜里偶尔会突然想起来，我们的儿子还没成年，他孤身一人生活在汉堡。我们和他约好，他上完初中之后来维也纳找我们，随着最后期限临近，这个年轻人也变得越来越"北德"，话也少多了。他就想待在汉堡，我知道这一点，但是他毕竟只有十六岁，这样年龄的孩子不能和父母相距千里，除非我们花钱找人让孩子上靠谱的寄宿学校。

　　最终他上完了初中，如约来到维也纳。他长高了，比其他人都安静，我们也注意到他的行李太少了，他把其他行李都寄存在汉堡朋友的地下室里，好像他很快就会回去一样。

我们给他报名上维也纳的文理中学，一切看起来都挺顺利，校长人很好，班级董事会也不错，唯一的遗憾就是儿子变得越来越压抑，越来越安静。他很痛苦。他怀念朋友们和他的自由时光，他的汉堡。我能理解他。如果我十六岁，在维也纳没有事业，我也会觉得汉堡明显更好。维也纳的一切都很局限，葡萄酒政策和学校同学都很平淡，奥地利方言也很好笑。然后，他在圣诞节销售季告诉了我们他无助的想法，因为对心力交瘁的父母来说是经历了深思熟虑的：他要回汉堡。他会住在他最好的朋友那里，朋友的父母也知道这个消息，家里也刚好有一间空房间，因为他们另一个儿子在国外读书。汉堡学校的女校长也理解他，会接收他回来——即使在学年中间。朋友家庭提供的帮助我们会支付费用，医疗保险也没什么问题，即使孩子在国外读书。关于他生活所需要的费用在他的计划中已经列在了 Excel 表格里。奥利弗对他刮目相看。我们的儿子之前都不会自己买面包，即使家里一块面包都没有了，他也从来没自己安排过假期打工，他的学习用品看起来像是从废纸篓里扒出来的一样，而他现在给我们拿来他的计划，和我们商谈，就好像麦肯锡的顾问给企业管理做 PPT 展示。我们当然同意了他的计划，我们虽然很痛苦，也很担心他，但我们还是同意了。我清晰地记得十六岁孩子的感受，他们有自己的主见，而父母却不理解他们，就因为他们是父母，是权威，他们觉得孩子们想的都是没用的东西。我们不想成为这样的父母，因此我们同意了儿子的计划。还有一个原因就是我们手头的事本来就太多了。

我很想念我们的金发小男孩，很早我就生下了他，自己把他带大。我们一开始在合租房住的几年时间，他的床就紧靠着我，我必须握着他的手他才能睡着。他一直都很独立，我们也为彼此感到骄傲，我为他感到骄傲，因为他自己能独立处理很多事情了；他也为我感到骄傲，因为我是年轻的妈妈，而且很酷，我不会把我的意志强加给他。他很快就回汉堡了。我认识奥利弗的时候，他很快就来到我们的生活里，我们为了他开始了父亲、母亲、小孩三口之家的生活，一切都太快了。我还想起我们的婚礼，当时他穿的西服太小了，头发也特别短，和我们一起到登记处拍照，看起来有点像罗马尼亚孤儿。我清晰地记得他在汉堡第一天上学的样子，我们俩都很激动，坐上陌生的地铁，穿过陌生的城市到陌生的学校里去。他一切都做得很好，无可指责，即使有时候感觉当我的儿子有点像在探险。

14

我们晚上关门之后，工作还没有完全结束。除了进货——因为白天没时间、补订和串柜，当然晚上还有机会每天提高一点营业额——读书会。

我看过的读书会越多，越感觉到读书会的奇怪。为什么晚上不躺在舒适的沙发里，而是让别人给你读书呢？椅子则不舒服，光线也不好，音质也一般。而且之后给的红酒也比家里的差很多。也许会有人说，不是所有的作者都会诵读。那是自然，斯文·雷根纳或者罗杰·威廉姆森①读的书大家可以听上好几个小时，即使他们读杜塞尔多夫②黄页。当然

---

① 罗杰·威廉姆森（Roger Willemsen, 1955–2016），德国作家、散文家和电视节目主持人，代表作有《广厦》等。

② 杜塞尔多夫（Düsseldorfer），德国城市，位于鲁尔区，是欧洲人口最稠密、经济最发达地区北莱茵－威斯特法伦州的首府。

也有作家，他们的粉丝很想一睹真容。还有的大师，在读者的阅读生涯中举足轻重，但是这样的人屈指可数。

朗读的意义在于，作家要卖书，自然不会错过每次读书会书桌。这样的书桌经常由一位图书零售商管理。因为读书会很少带来销售收入，晚上加班费也很贵，因此夜间活动我们都是让老板来干，尤其是女老板。因为不需要付给我工资。一年中的许多个夜晚我都坐在活动室角落里的书桌后面，上面摆满了书，还有一个小钱箱。我没有名字，没有符号……我就是读书会书桌管理员。

因为图书零售商很少不在自己的店里，而是坐在桌子后面，转换了一下自己的位置。在我的店里我是全能的谈话伙伴、专家和老板，许多女顾客很开心能让我亲自提供咨询。

一旦我活动在空旷的狩猎场上，在旅店、画廊、剧院门厅等地方的书桌后面讲话，我就成了抛头露面的售货员。我不断获得有趣的经历，在读书会上我站在书桌后面，不会有人注意到我。书桌好像一堵墙将我和晚上的主角分隔开来。在派对上聊过天的作家和出版商从我身边走过，好像不认识我一样。我跟他们说话或者打招呼的时候他们多数看起来都很不舒服，最终我发现他们是如何对待下属的。

一般的读书会分成两种，比较受欢迎的就是针对所谓最终顾客的读书会。有兴趣的读者想一睹他们最喜欢的作家的真容，然后在现场买书，如果能得到作家签名，就更高兴了。其他的一些作品展几乎只对作家的朋友或者他的出版社而设，也包括媒体、书商和广告商，也就是说：这些人对展示的书根本不感兴趣，而是对活动本身感兴趣，他们很少会想买书。这时候书桌就成了摆设，书商最多也就是帮着看一下，最重要的是那些能运过来尽量多的书、把它们摆放整齐然后不留痕迹带走的人。

在这些活动上我必须跟客人说明不能把书带走的原因，即使她是作者妻子童年时代最好的朋友。这些书是我的。我从出版社买过来是想在书店或读书会上把它们卖出去。我没法白送，因为我还需要支付费用。这对许多人来说有些不好理解，也有的活动上必须小心提防有人不经意地就把书塞进普拉达提包里带走了。

一位奥地利传奇歌手在一个著名的维也纳酒会上举行回忆录首发式。在停车场上我就发现我脏兮兮的达西亚货车在高级跑车和 SUV 中间分外显眼。我慢慢积累了些经验，就装作工作人员。原则一：跟其他雇员接触，例如楼长、技术员、服务员——他们最有可能帮助你搬动沉重的书箱，帮你在院子里找个隐秘的地方放好，给你拿饮料喝或者不会在活动结束五分钟之内就把你赶出去然后关上灯。我和同事把我们成堆的书推过庆祝的人群，没人给我们让路，没人帮我们开门，反而要面对别人鄙夷的目光，因为我们的手推车和塑料书箱破坏了美感。大家在享受美酒的时候不想看到任何工作人员。我们碰到一位不错的服务员，他带我们看了一下客厅中间给我们预留的位置，给我们拿来两杯饮料。我们还没等把书都拿出来，一开始放到桌子上的书就不见了。我说了无数次："我们是书商，我们是来卖书的。如果想要赠书您的去问出版社。"

一位头发花白的老先生犀利地看着我说："你不知道我是谁吧。"

"不知道。"

"1985 年到 1992 年我是他的鼓手！打开 234 页，有我的照片。"

"不错。"

"能给我一本书吗？"

"好的，25.60 欧元。"

　　我想起了我的朋友海蒂，她在音乐圈工作多年，她们那里在举行 CD 发布会的时候每个客人都可以免费拿一张 CD。就是每个人发到手里。怎么考虑成本呢？ CD 市场现在很不景气，也许就是因为免费赠送 CD 的派对太多，起码也是其中一个原因。

　　因为书的销售状况不理想，我们就说之后大明星会签售，这样我们卖了几本书。虽然人们还是一如既往地不愿意花钱买书，但如果没有书，很难说以后什么时候会再见到大明星让他给签名。

　　一位一看脸上就打过肉毒杆菌，穿着皮草的女士很快就自取其辱，她把红酒杯放到我的书上，还朝我笑："我怎么才能拿到一本书？"我已经说了几百遍，"书店——商品——购买"，实在没兴趣再说了。但我也会微笑："嗯，您知道，很简单：一手交钱一手交货。"

　　经理示意我们，艺术家太累了，不再参加签名售书了，我们就赶紧给自己规划逃跑路线。当然，所有人都会打开书翻翻，尽管不会一页一页地看，"您能把书的包装打开吗？"接着就会有人用吃过三明治的油乎乎的手翻看打开的那十本书，而出版社年轻的经理把他的红酒杯放到了书上。书商自然会把卖不掉的书退回去。至少理论上是这样的，事实上我们会收到回复："书不能入库，因为有破损。"

在维也纳的一处住所举行了关于教育政策的读书会。准备好的两张桌子上放着红酒和小面包，我就偷偷地把书桌搬到了衣帽间。这一招非常实用，不仅可以挂衣服，还能收小费。

在人民剧院里举行的读书会，一位非常受欢迎的巴伐利亚演员庆祝他的生日，还准备了歌舞节目。人民剧院的市场营销员很高兴："您把书带过来吧，我们卖出去了八百张票。"我把奥地利供货商库存的书订下来，把好多装满书的箱子放到了剧院门厅里。歌剧厅的门打开之后，第一拨客人涌过我的书桌，没入寒冷的夜里。我感到很害怕。不知道什么时候大明星已经坐到我身旁，拿出他的圆珠笔准备签名售书了。歌迷们手里拿什么的都有——节目单、门票、空白纸条——就是没有拿书的。我很快就被一大群摄影记者当成了三脚架，把他们的相机摆好，二十分钟的噩梦终于结束了：我才卖了十本书，连一箱子都没卖掉。

书商当然希望办读书会！要是出版社在我们旁边自己卖书，我们也不乐意！一年中也会有几次能赚点钱。如果有人邀请我，给我们准备了固定的展位，好好对待我，我也乐于帮忙。当然也有愉快的经历，有时候一年里会有几次读书会，两个小时就能顶上一天的销售量，例如跟畅销书作家一起办读书会，他忙活完一个小时之后会跟我和我的同事一起进行签售，然后一起分享剩余的自助餐。也有的时候不管书卖得怎么样我们就是喜欢参加，例如在维也纳演出舞台"城市大厅"，大家都欢迎我们带着书过来，让我们有归属感；在维也纳市图书馆，读书会的人事主管对我们很热情，把我们当读书会作家一样看待。让我们感到满意其实很简单，书商基本不会有其他要求，对所有的话题都很感兴趣。读书会只是生意的一部分，如果有人能帮我们开一下门，告诉我们怎么坐电梯最方便，不把我们放到展厅的边边角角，我们就很知足了。

读书会还有一种特殊的形式，就是小学的圣诞节书展。我们会带来有代表性的儿童读物，特别适合小学生阅读，不同的学校都给我们准备了专门的地方，孩子们有两天的时间按照班级在老师们的带领下来看书展，并写下他们想要的书目。在家长访问日我的一位同事会坐在展厅里，大多数时候是在原来的手工、祈祷或者音乐间，家长们会给孩子们订书。开始的几年都是我去，后来夏娃接过我的衣钵，这对她来说也是一种乐趣。从下午晚些时候一直到晚上，家长们有些疲惫，想在等班主任和宗教老师的间隙消磨时间。他们要么想给孩子们送上他们期盼已久的爱书，或者他们没有书目，没法帮孩子们找到最喜欢的书。他们一进来我就能感觉出他们是不是真的要买书，他们觉得书商是负担还是能给他们提供帮助也一目了然。中间也会有家长联谊会的人进来，他们会带来给学校自助餐准备的小面包和自己做的糕点。晚上六点以后还有香槟，到了六点半，我们会把订购的书单收集起来然后把书装回箱子里。维也纳的小学里很少有电梯，我们就必须拖着三四个满满当当的书箱走楼梯，然后装到车里。我们最喜欢的是那些停车场就在门口，而且孩子的父亲乐于帮我们搬搬箱子的学校。

15

　　书店的销量上升得不快，但很稳定，这样我们就可以在学徒期结束后雇用学徒了。我们留下了夏娃，那位波兰贝斯手是学徒的第二年，现在我们基本理顺了，接下来还需要找一位学徒。会谈安排在我们的餐桌旁，她是一位顾客同事的女儿，现在是老师。虽然不是很年轻，但是她的经历很丰富，从事图书销售也是她的梦想。我知道我们还得好好研究一下她的求职简历，然后给她安排试用期，必须得好好想想。但是既然我知道她就是我们想要的人，为什么还要考虑那么多呢？我不需要搞什么战术，也不用夸大其词，好像我手里有五个候选人一样。我们喝完咖啡之后岗位就给她了。

　　有时候我醒来后，一想到要下楼梯，打开门，挂上"营业"

的牌子，然后一整天都得介绍书，会感到很疲惫。新鲜劲已经过去了，现在我知道我能胜任，而且其实也不是很糟，中间好多事都轻车熟路，只是有时候会有这种可怕的想法。

有时候我会觉得我们需要提供早餐服务。打开电脑，启动所有程序，打开收银台，清理前一天儿童区的污渍，收拾一下垃圾然后检查库存补订。经常我们只能在这段时间说说话而不被打断。大家基本都拿着自己的咖啡杯，一如既往地握着杯柄，也不需要说太多话。我们打开门之后把旋转书架推到外面，这时候一般都会有第一位顾客穿过汽车协会的广告圆柱和格拉夫与乌策出版社[1]的立柱光临书店。一般都是上点年纪的人，他们很赶时间，希望能在九点五分前就买好想要的东西。有时候一整天都这样，店里没有一分钟的空闲时光。出版社代理商每年来找我们两次，给我们介绍他们的新书，看一下我们稳步上升的销量然后卖给我们受欢迎的书，我们很容易就买了。我们很高兴看着新出的故事书，漂亮的厨艺书，包括没有主题的书或者图书管理设备。我们经常忽略一个事实，我们的书店只有四十平方米，几个星期之后等我们订的货物到了，我们怀疑能不能有地方放。我们每个角

---

① 格拉夫与乌策出版社（Gräfe und Unzer/GU），德国著名出版社。

落都堆满了书，连老鼠洞口都没放过。在图书行业一直有所谓的打折季，所以我们必须知道哪些书走量，当然也得囤货。

买十送一，买二十送三，依此类推。这就意味着我们的餐厅必须从十月中旬开始变成仓库。每年的这个时候我们没什么客人来家里玩，除了非常亲密的朋友，对他们来说，坐在成堆的书箱中间不会让我们感到不安。我们每天在楼梯上下飞奔，取书，填空。晚上我们的腿像灌满了铅，我们的房子就像供销商仓库，唯一的不同就是人家那里比我们更有秩序。

在一个安静的夜晚——这样的时光非常难得，我们俩在仓库里吃意大利面，虽然这里之前是餐厅，奥利弗告诉我："我们得把房子改建一下。"我一开始没说什么，因为我了解我丈夫，他在说这句话之前一定已经深思熟虑了好几周，很有可能已经把所有的开支都一条条列在 Excel 表格里了，而且也肯定进行了调查怎样进行改建。事实上情况更糟：他已经和我们的建筑师朋友谈过了，他们已经考虑哪堵墙可以拆掉，办公室需要有多大，我们可以把办公室盖在院子里。

我们跟银行约了时间，银行顾问认出了我们，他来书店买过烹饪书和旅行指南，对我们书店的状况尤其是销量非常了解。想贷款吗？没问题。我很害怕改建房子，那样我们就会添新债，工作量也会增加，但这两个人现在是一个鼻孔出气。奥利弗的观点是，书店本来就像个老古董，太狭小，还有些昏暗，顾客进来之后站在柜台前面，没法再继续往里走了，自己找东西也不方便。有点像在小杂货铺或者药店里面，顾客告诉店家他们想要的东西，然后再从高处或底下的货架上找出来。我们后来引入了"地板管理法"，沿着墙把新出版的书摆放到地毯上。顾客也觉得这样的方式很有意思，他们来买书因为我们非常专业，为人也很和善，但书很有可能不知道什么时候会东倒西歪，我们的书店会变得肮脏、拥挤而且不再性感，顾客都会到市里明亮的大商店里购书，更糟糕的是会上亚马逊购买。罗伯特不喜欢说大话，他就简单地说："别担心，交给我吧。"

　　他们把企划做了出来，核算可能需要的花销，这时候我再度发现，我完全搞不懂这些事。怎么弄呢，要把整堵墙敲掉？上面还有房子呢。办公室会变成门市部，然后院子的一部分会变成办公室？接下来的关键词是"旋转楼梯"。可惜女儿就在旁边。根据我们的计划，唯一的可能性就是把店面扩大，把一面墙去掉以后将现在的办公室区域和销售区域连成一体。可惜旋转楼梯就变得碍事了，它是通往楼上房间的唯一通道。如果要保留楼梯，那我们改建之后客人就会来到我们的厨房，或者他们往楼上一看就能看到我穿着睡裤在屋里忙活，那我在营业时间就得休息了。我们对铁楼梯感到很惋惜，但建筑师朋友的想法是对的。我们的女儿却不这么看。我们必须留下旋转楼梯，要不她就搬出去，回到夏夫山的小房子里去住，没有了旋转楼梯她会觉得生活索然无味，因为她会感到孤独，我们待在下面，她自己待在楼上，这是不可能的，我们连想都不该想。这就是一个六岁孩子童年时代的喜好。我们巧妙地绕开了这个话题。在我的脑海里浮现出这样的画面，小孩子爬到楼梯栏杆上不让拆掉楼梯，我们看过太多的"巴巴爸爸盖房子"的情景。

一波未平，一波又起，我们首先得获得建筑许可。我们得在院子里加盖房子，那么垃圾桶占用的空间就会变小，然后是室内改造部分，一面承重墙得敲掉，这样就必须经过计算和许可。罗伯特把材料递交上去之后接下来就是等了。我们等的时间很长，慢慢地小女儿就把旋转楼梯的事忘了，我自己也不大想起改建的事了，直到改建开始。我们的院子里盖起了一栋小房子，这是我们的新办公室，就在书店的后面，我根本不需要插手，罗伯特说得出做得到，他把一切都包了。我时不时去看一下进展如何，按照当时设计的样子一完工，我们都很兴奋。新地板很适合我们用，添了新的写字台，插座也足够多，铁架子和桌子的高度正合适，这样每次打开书包的时候就不用弯着腰那么费劲了。小房子完工以后我们还需要等待，等里面的东西都晾干了才能开始内部改建，而且下一步的建筑许可还没到位。

这一天我们突然接到一通来自慕尼黑的电话，一位女士想跟奥利弗说话，他拿着电话走开了，当他回来的时候压低了声音告诉我："他们给了我一份工作。"这是一家德国大出版社，他们在维也纳有分社。执行经理干了很多年辞职了，现在想让我丈夫顶替她。我们讨论了好几晚上，权衡再三。他对这份工作很痴迷，就像他在汉堡那时候，每天西装革履地去办公室。当时他也是个"经理"，而不是穿着牛仔裤、手永远脏兮兮的小书商。我能理解他，如果有人给我提供一份工作，我也会欣然接受，当然不是所有的都能接受，例如我不可能去喧闹的购物中心工作，但是如果让我去做报纸的文字编辑或者文学社企划，我很可能也会答应。当然，没人请我去，所以我现在还是书商，有点可惜，我突然感觉好像真有人请自己去，去不去倒是次要的。对于奥利弗的这次工作机会当然还有其他的角度要考虑：财政。不是说出版社会支付很高的薪水，这个行业的薪资处于较低水平，但却是一份稳定的收入，一年十四个月的薪水，五周假期，听起来很有吸引力。还有我们看好的一处位于葡萄酒产区的小房子，我们在暑假发现了之后，很快就爱上了它。按照我们现在的家庭收入，没法再贷款了，我们现在很喜欢讨论那些虽然不太现实但很喜欢的东西。跟工作住在一起、每天面对的都是那些窄墙，不总是好事，所以我们想买下这栋乡下的小避难所。很简单，就是逃离工作度周末，不需要做太多打算，就是待在花园里，在一个没人认识你的地方，也不会有人打扰你。银行没什么顾虑，因为书店的生意蒸蒸日上，而且这栋位于葡萄酒产区的小房子比奥利弗原来老板的汽车还要便宜。

当然，我们贷款的利率就要高一些了。我们必须得粉刷窗户，排水槽密封性也不好了，上一次暴风雨的时候还把屋顶的瓦片掀掉一些。巧妇难为无米之炊，谁知道经营书店以后会怎样，我和奥利弗在做生活中的重要决定时历来都是雷厉风行的，这次也不例外。他得去第四区上班了，这看起来跟我们之前的突然结婚、连夜跟孩子搬到汉堡、不小心买了家书店以及连房子都没有就搬到维也纳来不太一样。因为他想要这份工作，而且我们现在需要它，所以我们就共同决定了。

另一方面我们必须得再雇人了，我毕竟不能一个人当两个人用。我想起我们的邻居家孩子过生日的时候，我们当时坐在花园里认识的一位年轻女士，她原来也是书商。我对她了解不多，只记得她很幽默，而且她女儿跟我们女儿同龄。她在之前工作的那家书店里不太自在，因为太保守了——换句话说，不太符合她的口味。我们很快就找到了她的电话号码，她也还记得我："你想来我们这里工作吗？"

"现在吗，就这么简单？"

"不对，不是简单，而是正确，辞职给我们来干吧！"

她说需要考虑一晚，明天一早给我打电话。感谢上帝！

就这样安娜来到了店里。她是唯一一个没有在我们店里做学徒的店员，她对这一行耳熟能详，因为她从十六岁开始就是书商了。她见多识广，记忆力超强，而且对这份工作无论如何都懂得比我多。很明显我对书店贡献颇多，而且让书店越办越好，但是突然来了这么一个人，她已经在这行干了十四年。安娜一定比我能干，但我才是老板，拥有最终拍板权。这样的感觉很奇怪，之前我们有学徒——非常好学，可塑性很强，很多东西都是我们一起学的，而现在突然有一个人对该怎么做事了如指掌，熟悉结构，简单来说就是门儿清。一开始的几周我们相处得很小心，我发现我们还蛮合得来。

就在所有人都快忘了的时候，建筑许可证下来了，我们等了快一年，终于可以继续改建书店了。

罗伯特和奥利弗好好合计了一番，我们不可能关门几个星期然后再改建，预算里没有这么打算。我们周末的时候把一般的书整理出来放到书箱里，然后摆放到楼梯间，把墙上的书架拆下来。然后我们就用纸板建了一堵所谓的防尘墙，在前面又把书架组装起来，把书放进去。现在的书店都不到四十平方米了，也就三十平方米多一点，这一切让我想起之前看到的阿克塞尔·舍夫勒①的童话书《我的房子太狭小》。

---

① 阿克塞尔·舍夫勒（Axel Scheffler），1957 年出生于德国汉堡市，全球知名的插画作家。

还不错，我丈夫每天都穿着舒适的西装去上班，然后建筑工人就来了。阿里负责抛光，尤素夫和德拉甘负责施工，法斯加维奇是电工，还有来自克恩顿的锁匠和来自施蒂利亚的木工。现在书店分成了两部分，一部分是防尘墙外面，我们尽量让一切看起来都正常运转，另一部分就是防尘墙里面，三个强壮的男人蹲在七十厘米厚的墙后面用沉重的工具劳作。外头由安娜负责，我就在两个世界里跳来跳去。噪声非常大，几乎听不见自己说话，所以我们索性就不说话。不知道为什么叫防尘墙，因为灰尘可以毫不费事地就铺洒到书店里，不止一次有顾客在书架前面沉思的时候就被灰尘包围了。办公室和书店彻底分隔开了，这就意味着一旦有人在新建的小房子里工作，就跟其他人断绝了联系。一旦我们想从办公室拿点东西，就必须走出店门，穿过楼梯间然后到后面的办公室里去。在一个美妙的夏日，小女儿和朋友们在游泳池待了一整天，我们把旋转楼梯拆掉了。把它放在了院子里，这一幕让人有些忧伤，晚上女儿睡觉的时候哭了。这是她第一次经受这么大的损失：不像从汉堡搬走，也不同于换幼儿园或者去找爷爷奶奶，因为假期结束就回来了，这个老旧的铁家伙让我们的女儿体会到了极大的离别之苦。

我开发了自己的一项新能力，之前一直都不知道我还有这样的本事：我跟工人们很合得来。因为家里没有男人，他们不得不凑合着跟我交流，过了几天之后我们就对彼此非常熟悉了。罗伯特介绍我的时候说我是家里的主人，他们都突然尊敬地称呼我"老板"。这样在防尘墙里面的感觉突然变得非常好，因为我成了老板。

　　"老板，你看一下插座放哪儿？""老板，门要多宽合适……"安静友好的罗伯特成为我生活里最重要的男人，我的快速拨号通讯录里面他最靠前，哪怕听到他的声音也让我很安心，每天我都给他打无数通电话。我知道我们计划得很好，但是我们的时间还是很紧凑，如果出了什么问题我必须发现，最后就剩我自己监督了。

　　"罗伯特，他们在墙上钻了一个洞。"

　　"哪堵墙？"

　　"就是办公室和书店新建部分之间的那个。"

　　"多大的洞？"

　　"大约十厘米。"

　　"具体在哪儿？"

"离地面大约二十厘米。"

一般这种情况他都会有三种答复。

1. "不会有问题。"

2. "让阿里听电话。"

3. "我十分钟到。"

我们拆掉的墙是房子的承重墙，我们会不停地盯着厨房和餐厅的裂缝看。房子下面临时搭建了三根柱子，直到把钢梁装好。阿里、尤素夫、德拉甘都和我成了好朋友，早上我给他们煮咖啡，阿里给我看他孩子的照片，女儿也原谅了我们"谋杀"了她的旋转楼梯，放学之后和他们玩得很开心。后来我们订的钢架到了，它高3米、长4米，有2977千克重，因为我们的施工现场没有宽敞的阁楼，而是狭窄的内室，因此没法安装起重设备把它从顶棚下吊起来。三位工人就借助原始的滑轮徒手搬运，我很担心他们，甚至害怕得不敢看。他们粗重的呼吸和呻吟声在书店里透过防尘墙听得一清二楚，我默默祈祷他们不要出意外。每当我觉得我的生活压力大，工作太繁重的时候，我就会到后面去看看那些满身污渍、汗流浃背的工人，然后我就知道我的工作多么安静舒适。

我们想在暑假后的第一个星期里完工，因为我们需要打扫卫生，收拾整理，还因为防尘墙外面也需要做些改动，我们必须关门三周。给儿童区安装新的电线、屋顶、灯和家具，要在三个星期里面完工挺困难。我们的节奏安排得非常紧凑，要是任何一位工人迟到，就意味着后面所有人的工作都要推延。我可以有三个星期的时间度假了！这是四年来我第一次休息时间超过五天。好吧，休息两周去度假，然后第三周必须回来打扫书店。但是这三个星期我们没有顾客。早上不用早起，也不需要把旋转书架推出去，或者包装礼物，或者写专业书发票，更不用讲故事。好吧，就跟度假一样。但是我每天还得跟阿里和罗伯特通大约二十个电话并做些决定，有时候我都不太理解到底是怎么回事。我们乡下的小房子现在也可以住人了——我们到底是什么时候决定的？——不管家里的施工现场，离开城市几天。我们约好在楼梯间让不同的工匠把钥匙留在某个地方，然后我就走了。那电工怎么知道他不该进来呢，因为地板工人刚把木地板密封好？他还真就知道。罗伯特随叫随到，他心态非常平和，不管工期多紧张或者女主人朝他歇斯底里。我负责在葡萄酒产区的花园里跟家里的施工现场进行协调，因为罗伯特还有其他几个项目需要照看，都是大项目，他也能挣钱。有一次我忘了给一位工匠打电话，让他给下一位留下钥匙，然后就在我撑着太阳伞享受早餐的时候两位抓狂的工人刚好给我打电话。我忙得焦头烂额的时候，我丈夫还假惺惺地帮我："嗯，我们过两周就回去了，没啥。"他一边扬起眉毛笑话我，一边享受着自己的煮鸡蛋。餐桌上变得沉默了，让人感到有点窘迫，公婆过来看望我们，他们倒是没说什么，但也于事无补。我拿起自己的半杯咖啡，路上不知道从哪里找到一本书叼在嘴里回到了我们的小卧室。我索性一头扎到床上，再也不想起来了。我告诉自己，就不起来，不煮饭、不陪孩子们玩、不陪公婆散步。最重要的是：去他的施工现场，本来这就该是男人们做的事，公婆也是他的父母，女儿也是爸爸的孩子，而且他煮饭比我煮的好吃得多。其实我在床上的这几个小时根本没休息好，我很生气，感觉自己很受伤，心里很不好受。说出来可能别人都不信，这是我们结婚以后第一次吵架，而且我们吵得也很不像回事，相当安静柔和。奥利弗很有外交手段，他让我自己静静地待着，让他父母去森林里采蘑菇，跟孩子到县城看电影。我读了几百页的瑞典犯罪小说，睡了一个小时，然后就劝自己起床。罗伯特这时候已经把施工现场的问题都解决了，奥利弗煮了意大利面，好像也没那么糟了，难不成我让其他人到法国去度假嘛。书店是我自己的！

罗伯特不孚众望按期完工了，我们刚好利用周末的时间把书都整理好。朋友们要么周末加班，要么就在度假，我有点绝望了。为了放松心情，我和女儿中间抽空去吃个冰淇淋，然后和顾客见面聊聊天。她是药剂师，他是中医医生，他们看到了我们的绝望，因此自发决定，下午不去游泳池玩了，而是跟我们一起回到书店整理书。奥利弗看到我和他们一起回来的时候显得有点恼火，但是他已经慢慢适应了，我对别人伸出的援手从不拒绝。

星期天我们结束的时候已经是深夜了，最后一本书放到了书架上，屋里干净整洁，屋顶温暖的灯光洒满宽敞明亮的大厅。我们累坏了，心里却充满了骄傲，把为此花费的十年贷款抛在了脑后。

过了几周之后书店来了一位老妇人，她环顾四周之后才注意到："您把家具位置都换了？"我听了以后恨不得大声吼出来，我们贷了六位数的款，呼吸了一整个夏天的尘土，带着耳塞工作，竟然还有人没发现？"没有，我们就是打扫了一下灰尘。"夏娃嘟囔了一句，她离开以后我们都忍不住笑成一团。

改建以后我们可以把之前的各个角落清理干净，设立正式的"阅读专柜"。书也不需要放到地上了，我们的大块头家具被我们昵称为"棺木"，我们把新出版的书都放到上面，然后发现大多数顾客都在稍微犹豫之后就自己寻找需要的书，翻看书的扉页，然后就自己做好了决定。我们再也不用满店里跑着找书，给顾客挨个讲解了，大家都轻松了很多。

很显然大家都听说了我们这里空间大了很多，因为接下来的圣诞季顾客明显增多了。书店从早上九点到晚上六点都顾客盈门，而且大家明显都不太在乎书店里的紧凑和排着长队在唯一的收款台前结账，而且我们也没太注意隐去顾客的姓名，每个人都知道其他人买了什么书，而且我们告诉大家有的书已经被买走之后顾客也就争相购买了。有些顾客相互之间也会讨论，相互之间介绍自己买的书，例如 L 女士正在翻看烹饪书，普力马先生看到之后也想买，然后我就建议他们一起买这本唯一的样书。普力马先生有点失望，因为他知道 L 女士已经结婚，而且她有四个孩子。我们会不断收到巧克力和女主顾自家做的饼干，有的顾客周六到市场上买东西也会顺路过来给我们带来鲜花和水果，或者一瓶葡萄酒。夏娃的妈妈也到我们这里工作了，她做了三十年的家庭主妇和专职妈妈，她来我们这里上班的时候已经六十多岁了。有空的时候她把书归档，把撕开的书重新用塑料膜包好，十二月份的时候她每天在内室用圣诞彩纸包装数十本书，每周还会给大家做一次土豆红烧肉。

我们圣诞季最大的问题是：我们地方太小，销售额太大。换句话说，我们每天卖的书很多都是只有一两册，我们必须立刻补订。三位供应商每天都会带来齐人高的书，其中包括顾客预订的书，我们接收之后进行分类。我们尽量当日事当日毕，但是每当奥利弗下班回家的时候，我们堆积的书也没见少。他每天都要在内室里忙到深夜，一边听着托马斯·曼或者海米托·冯·多德雷尔的听力书，一边把书的外包装打开。我的特权是可以每天晚上七点就休息，因为我第二天还必须准时起床，讲数不清的故事，并自得其乐。十二月的夜晚是我一年中唯一一段可以看看三十五个电视节目的时间，尽管节目里都是些稀里糊涂的故事。看看电视节目，喝几杯红葡萄酒，我可以让耳朵里萦绕的噪声慢慢消去，然后睡个好觉，也不需要考虑我有没有忘了给哪位顾客订书。

当你面前站着二十位顾客，每个人都不想等待，想尽快得到他想要的咨询的时候，就必须打起十二分精神，一旦失去了幽默感，我们就赶紧找地方睡一觉。大多数顾客都很有耐心，即使必须等待，也不会感到无聊：除了可以找找看有没有其他感兴趣的书，我们这里有点像电影院。我们的店不像那些"居庙堂之高"的高雅艺术殿堂，而是充满了大声讲话的声音和笑声，我们在顾客头上高喊着书名的时候，经常就从梯子顶端飘过来回复声。

"内斯特林格[①] 的书在哪儿？"

"《琥珀眼睛的兔子》补订了吗？"

"百万富翁的书你补充了吗？"

"还有签过名的凯尔曼的书吗？"

"谁知道上周施特克尔[②] 吃早餐的时候桌上放的是什么书？"

如果有人抱怨等的时间太长，一般就立即化解了，我们什么都不需要说，其余的顾客就有说有笑，不耐烦的情绪很快烟消云散。偶尔我们也会左右为难，不知道该哭还是该笑，

---

① 克里斯蒂娜·内斯特林格（Christine Nöstlinger），1936 年出生于德国，儿童作家，代表作有《小黄瓜国王》《琥珀眼睛的兔子》等。

② 朱莉娅·罗莎·施特克尔（Julia Rosa Stöckl），德国演员，代表作品包括《活三更》等。

例如有顾客来柜台问："我昨天订的书到了吗？"没有姓名，没有书名，就这么问我们。我们每天有三百份订单，按理说我们该记住，但是偶尔也有顾客确实会生气，因为我们店里没有库存一本两年前出的旧经济书。大多数顾客都很高兴我们店里有现成的书，或者几乎能找到所有他们需要的书，即使等的时间稍微长一点。如果书店的库存系统显示有书在册，却没有放在该出现的位置，所有店员都会帮忙去找，很多时候顾客也会一起找，直到找到书为止，经常是我们称之为"飞天猪"的最年轻的同事最先找到。她从电脑里看一眼书的封面，然后默不作声地直接爬上梯子，从书架上拿下要找的书。

每年的十二月二十三日我几乎都会激动地跪到地上，因为马上就要结束一年的工作了，我们就可以第二天回到乡村的小房子里过假期。我们十二月二十四日十五点二十二分从弗朗茨·约瑟夫火车站出发。买下房子是一个不错的决定，而且我们二十岁的儿子也会回到我们身边，他长大了，又变得很喜欢和父母一起过圣诞节了，而且他还拿到了驾照，这样他二十三日就能把小妹妹、狗狗、圣诞节礼物、购买的商品和读物放到我们的货车里运到葡萄酒产区。我们二十三日晚上关好店门，把店里打扫干净——把书架里的空填满，然后走过两条街到酒店里和我们的朋友乔治共进晚餐。这也许是我们一年里最幸福的一天，尽管看起来不太像，因为我们都累坏了。我们吃得很开心，喝了很多酒，上床已经很晚了，因为明天不需要工作。平安夜的最后五个小时我们心里唯一的感觉就是"无所谓了"。没有书到货，我们也不需要拆包，现在还来光顾的客人都很谦虚，他们几乎都不抱希望能买到想要的书。所以不会有人说："什么，你们没有？"或者"亚马逊上可以立刻就能买到。"二十四日光顾的顾客都心存感恩，店里有什么就买什么。可能本来想买本登山的书，但是最后买的却是骑自行车的书，人物传记也可能变成烹饪书，最主要的是要用圣诞彩纸包装起来。下午一点我们关上了店门，没有孩子的同事留下来跟我们工作到最后，然后一起欢呼，我们把"歇业"的牌子挂好，然后相互拥抱。我们打开一瓶香槟，给大家赠送小礼物，然后所有人都迫不及待地离开了，因为他们过去几周里的大多数时间都是在店里忙活。我和奥利弗飞奔向火车站，在快餐店买点路上吃的东西和一大杯咖啡。火车还没出城，我已经依偎在丈夫肩上睡着了。

我们的孩子和狗狗都在火车站等我们，天气很冷，已经快黑了，但是小房子的灯光点亮了，壁炉里生起了熊熊的炉火。家里几乎没怎么收拾，圣诞树也只装饰了前面，孩子们也没多少时间，因为他们看了两部《哈利·波特》电影。晚饭做了烤宽面条，因为我儿子很擅长做这个。在沙发上小憩、一起遛遛我们的狗嘉希、派发礼物、吃饭、做游戏。每过五分钟我都会想到：明天我不用去店里，不需要讲解小说剧情、不用包装礼物，我是世界上最幸福的人。

16

谁能想到，儿子会自愿跟我们一起过圣诞节？和我们坐在葡萄园里面的圣诞树下，一家人团聚？

他是班上最酷的一个，没有父母在身边，有几个月甚至自己一个人住在圣保利的房子里，莱泊帮[①] 近在咫尺。这其实是我们犯的一个严重的错误，我们过了几百个小时之后才发觉，也为时已晚。幸好他搬去和几个朋友一起住了。

我想起我们前几年打的一通电话。当时他在汉堡，我在维也纳，他在阿尔托纳合租房的房间里，我在吵闹的书店里，周围都是找圣诞礼物的顾客。他当时说的一句话让整个世界都变得安静了。"我不想上学了。""噢！"然

---

① 莱泊帮（Reeperbahn），位于汉堡的圣保利区，欧洲著名红灯区。

后我就站在那里，脑子里乱成一团。你为孩子的教育付出了多少时间和精力？我不是那种事无巨细照顾孩子的妈妈，我当时太年轻，我也不想把所有的精力都放在孩子的教育上，当时我也绞尽脑汁想给孩子最好的：如何选择好的幼儿园；上不上学前班；怎样给孩子健康的饮食；上蒙台梭利学校还是普通学校；孩子是不是看电视太多，玩游戏时间太多，课余时间太多；我们在一起学习的时间太少或者对他的关心太少？

尽管我们还在圣诞季，我还是坐上了飞机回到汉堡，来到儿子身边，他和朋友莱昂住在一起。我还是第一次看望儿子，给自己找了一张干净的床。他邀请了几个好朋友，我们一起煮面包饺子蘸蘑菇酱，气氛非常融洽。他的朋友都很酷，穿着巴提克印花裤，女孩子们带着头巾，男孩子们留着长发或者脏辫。如果我年轻的时候有这些新花样，我也会跟他们一样。他们看起来怪怪的，但是人很和善，也热衷于政治，但跟我儿子不一样，他们都想上高中。其中一位女孩想成为医生，另一个想成为援助人员，莱昂想学艺术，雅各布想当老师。只有我儿子，不想与"资本主义世界"同流合污，就跟他自己说的一样，当然他不需要上高中。那天晚上我们进行了激烈的讨论，我很高兴他的朋友跟我的观点一致。虽然辍学很酷，但是手里还是要有高中毕业证。后来我们慢慢明白，他想辍学的真正原因不是逃离资本主义世界，而是因为他在汉堡缺少和父母在一起的时光。通过跟老师、他朋友的父母谈话，包括和他一起学习的年轻人，我们相信能说服他。他会读高中！他会努力，所有人都在帮他。当然，他完成了学业。现在呢？他想上大学，以后当老师。

女儿非常聪明，和她哥哥不一样，她很骄傲，她年纪轻轻却有很多理想：四岁的时候想当演员，五岁想成为维也纳人民剧院的小提琴演奏家，七岁开始想成为空手道世界冠军，最近想当建筑师或者飞行员。只有一个职业是她无论如何都不会从事的：图书销售。尽管并不代表她不想拥有一家书店，她就是不想在书店工作。也许有一天她会考虑，但是之前她必须看看外面的世界，读大学，找一份喜欢的工作。然后，当她所有有趣的事情都经历过之后，也许她也会成为书商，而到时候可能根本就不会有书店了，因为这就意味着我和奥利弗必须一直工作，直到我们老得从梯子上掉下来摔死。父母拥有一家书店她当然觉得很酷，而且老师也从我们的书店买书，她可以读到德语老师提到的任何一本书，然后可以当作七年级的课外读物。在学校里大家都知道她是住在书店上面的小姑娘，而且她还能认识很多作家：和丹尼尔·格拉陶尔讨论化装游行，给阿尔诺·盖格尔 [1] 的女朋友展示她的新滑雪板，和维娅·凯撒 [2] 谈论拉丁文，和妈妈一起去看其他人只能从电视上看到的歌舞表演首秀。当然背后需要她每天承担的工作看起来就没那么让人开心了，父母每天吃早饭的时候就在讨论销量、工作安排和补订计划，冰箱里空空如也，圣诞季只能吃冷餐，十一月和十二月餐厅里都堆满了书箱。顾客们想得到优质的服务，不管主人夜里三点回家还是刚刚得了痢疾。这时候根本谈不上魅力，更不用说"我就是喜欢读书，一直就想成为书商"了。

　　我们会一直工作下去，直到我们老得爬不动梯子，然后我们就把书店关门二十年。女儿经历过狂野的生活和干

---

① 阿尔诺·盖格尔（Arno Geigers），奥地利作家，1968年生于奥地利的布雷根茨，代表作有《流放的老国王》等。

② 维娅·凯撒（Vea Kaiser），奥地利作家。

一番大事业之后，再把店门打开，清理店里挂满的蜘蛛网，然后变成书商。

17

因为我们一直努力地将书店做大，因此从来没考虑结构问题。迄今为止每个人都无所不能，也必须这样才能胜任。我们每天都花很长时间制定工作表，不让每一位员工加班，每个人的旅行计划我们都要考虑到，而且每个人每个月只有一个周六需要工作。我们在去参加书展前不久，安娜出人意料地告诉我："老板，我需要一个职务。"在其他的公司里应该称之为经理，对我们这个一直按照基层民主组织的大学小组似的理想模式来说，层级结构是一种亵渎。

现在雇员们都要求这样，我们也没法反对。安娜想要做经理，这样我不在的时候她就全权负责。这个想法很合理，她很有大局观，对店里的一切都很熟悉，其实也做了很久这样的工作。有时候我们称她为"大脑"。其他人也觉得这个主意不错，对安娜的新职务没有提出异议。我们分配任务的时候，她已经给每位同事分配了各个部门的分管责任。在其他书店这样做再正常不过了，我们一直就觉得我们的书店太小，不需要这样做，而其实我们已经做得很大了，现在是该分工的时候了。

安娜负责英语书籍并统揽全局，死亡金属乐队贝斯手顺理成章地接管犯罪小说部分以及不太受欢迎的生活指南，而婚姻指南和乱炖① 本来就是天生一对。芭芭拉是我们的政治性别顾问，她负责专业书籍，另外我们答应把地理—小说部门交给她之后，她还接管了导游书籍。学徒爷爷还需要继续学习，就负责打杂，而我是老板。另外我们还设立了"奥利弗角"，我们把关于文学史、马内塞斯手稿和所谓最受欢迎出版社掠影部分放到这里，这些书肯定挣不到钱，但如果有感兴趣的顾客看到就会喜出望外。

本来我们觉得奥利弗去出版社工作会是另一番景象。当然了，他稳定保险的收入对我们是个安慰，但是对于家庭生

---

① 乱炖（Schlachtplatte），南德美食，由酸菜、土豆面条、熏肉、肝肠和血肠组成。

活来说却有些困难。我所有时间都耗在店里了，感觉我的工作没完没了，我还得照顾孩子，正因为我的工作就在家下面，因此我洗衣服、煮南瓜汤都很方便。奥利弗就不一样了，他每天穿着舒适的西装，读着书半个小时就到办公室，整天坐在写字台前面。晚上回家之后碰上太太情绪不好，就简单吃点晚饭，然后一起到书店里完成白天未竟的工作。

书店发展得很快，我们累得半死才勉强支撑，根本没精力去考虑办公室的工作。

但是必须得有人把几百份账单转账、给税务顾问准备好材料、写购买提示，简单来说就是负责所有的文书工作。我们考虑是不是再雇个人，或者让奥利弗回来。第二个圣诞季的时候，奥利弗连夜加班，第二天八点还得继续上班，甚至二十四日前一周申请了假期才完成了销售季的工作，之后我们决定再雇一名员工，而且他也得回来。圣诞假期之后他就辞职了，我感到稍微轻松一点。

因为奥利弗对书有常人无法比拟的感情，因此我们任命他为内务部长和装备部经理，负责办公室文书、制定工作计划、圣诞季接收货物以及更换灯泡和墨盒，另外还得负责填充书店网站的内容。说到网站，开始的前三年我们一直反对网站一类的东西。我们是一家漂亮的旧式书店，我们不需要太时髦的东西。网站能给我们带来什么呢？顾客应该到店里来，亲身经历、感觉、嗅到书的味道。但是我们一位老顾客定期来店里跟我们说："一家真正的书店得有自己的网站，我也想在家里看一下你们的阅读提示。这都二十一世纪了，书店连自己的网站都没有，太落伍了。"后来他告诉我们，他是一位网站设计师，尽管他看起来有点像社工。过了几个月之后我们妥协了，委托他帮我们建立网站。我们唯一的要求就是要看起来老式而且独一无二，要是有人能理解我们的想法，也只能是他。这位设计师看起来也很个性而且守旧，这种类型的人不多了，经过很多次奔波和激烈的争论后我们终于拥有了自己的网站，它非常适合我们：整体看起来是一本旧练习册，如果有人浏览就会自动打开，我们用老式的打印机字体介绍最受欢迎的书，每位雇员都有自己的页面。对网站的访问者来说，面临的挑战之一就是快速变化的图书市场：我们介绍的东西不会被删除，因为我们现在觉得某一本书很好，那么接下来一年之内我们都认为它很好，甚至五年之内都是，不管有没有人再买这本书，甚至都没人再卖这本书了。就跟在书店一样，进来之后本来要找一本书，然后找到三到四本其他的书，网上买书也是这样。

18

开始的几年，我和奥利弗还能安心地度个假期，我们夏天会带上女儿一起度过九个星期的假，但是今年我们有其他安排了，没法去度假。十月份里有四天时间得让店员们看管书店了，因为我们要参加一场文学盛宴：法兰克福书展。

我们参加的第一次书展一波三折。在奥地利接待处我们遭受了白眼和小心谨慎的询问，谁还会在书市这么不好的形势下新建书店呢？谁会没事从德国搬到奥地利去，就为了开个书店呢？

这时候刚好有原来德国出版社或者记者同事拍着我们的肩膀认出我们，我很快就能从接待处工作人员的眼睛里读懂他们的想法：挺好，一位小书商，从维也纳来。在这个以萨赫蛋糕出名的城市里，似乎所有的人只会坐在咖啡馆里消磨时间。一位奥地利报纸文学编辑每年都问我："你在这里干什么？是以私人身份来参加书展吗？"什么叫私人身份？我们就是想把大家写的东西卖出去，不管你们写不写。没有我们整个图书业都得关门，我们就不该来参加书展吗？

奥利弗在出版社工作的时候，我们可以公费住在昂贵的酒店里，但现在不行了，我们只能住在舒适的快捷酒店。第一年我忘了可以走捷径，后来找房间的时候我想起上大学时认识的一位朋友。书展开始之前两周我给她打电话问我们能不能在她那里借宿的时候，她好像不太感冒："不大方便。我还得收拾东西，这样你们才能有地方睡觉。"那就收拾呗，又能怎样？我什么都没说，其实打扫打扫房间并不是什么难事，每次有人来家里的时候我都会把家里打扫得比平时干净。她没有拒绝，我们就来了。她打开门的时候，我们费了好大劲才把箱子从狭小的过道拖进前厅。不知道为什么她的房门没法完全打开，我往屋里看了一眼，瞬间就惊呆了。这个房子实在是太乱了，屋里到处都堆放着书、报纸、传单和各种纸张。我们的小房间地板上清理出一小块地方放了一张浅灰色的床垫和一张皱皱巴巴的地毯。我都要哭出来了，我们怎么睡觉？洗澡呢？根本不可能。奥利弗倒是挺乐观，因为我们没的选择。在书展期间根本不可能在法兰克福找到空房间，有钱也白搭。我们索性就打算每天晚上去参加各种邀请我们的派对，尽量多喝点酒，在外头待的时间长一点，这样只需要回来睡上几个小时就好。

我们第二天回到书展上的时候万事俱备。我融入了会展上喧闹的氛围，奥利弗原来的同事看到我们像看到回家的孩子一样，我四处都能看到熟悉的面庞，我们忙活了十六个小时之后才回到宿舍。我翻来覆去地想，是不是可以问问一位和善的同事，可能他会有一间舒适的旅馆。当然我不会这样做，我们可以撑过去，毕竟还有丈夫和我在一起。我还是穷学生的时候就在布达佩斯的拆迁房里和老鼠做伴睡在睡袋里，床垫周围的报纸毕竟没有生命危险。

外面广阔世界的气息一年之后我们还能在狭小的书店里感受得到。我们参加了德特勒夫·巴克 [①] 和丹尼尔·凯尔曼举行的派对，罗杰·威廉姆森在展会入口看到我之后跑过来拥抱"我在维也纳最喜爱的书商"。当时我特别想用相机拍下来给我的顾客看看。每个派对我们都会参加，感谢上帝，我们几乎都被邀请了，而且葡萄酒都是免费的。

① 德特勒夫·巴克（Detlev Buck），德国著名演员，代表作包括《丈量世界》《古斯特洛夫号》《黑道新鲜人》《西柏林恋曲》《本能交易》等。

每年我都会跟来自柏林的记者共进午餐。我们之间好像已经认识了几百年，他当时已经成为著名的文学评论家，而我就是一个奥地利小出版社的小人物。他是当时引导我走进充满魅力的文学世界的引路人。他带我参加法兰克福皇宫里举行的宴会，当时在和其他人交谈的时候我感到很吃力，必须表现得自己很重要，来这里是理所当然的。后来大家都单独给我发出邀请，后来就变成了传统，书展的时候大家一起吃个午饭。当然不能简单地在三号和四号大厅之间吃个热狗，必须是正儿八经的：就在书展附近找个漂亮的意大利餐厅，包括前餐和正餐，然后吃个奶冻当作甜点，另外还会喝一两杯红葡萄酒，尽管我白天从来不喝酒。好吧，几乎从来不喝，只有在展会的时候除外。喝点酒也许就有灵感了，可以写本书出来。

"所有的出版社都喜欢犯罪小说。现在的市场就是这样。"

"当然了，谁都不会放弃这个市场，苏尔坎普[1] 更不会。"

"我们也可以写写这方面的东西。"

"怎么不行呢？我们创造一位维也纳女警官和一位柏林

---

[1] 苏尔坎普（Suhrkamp），德国著名出版社，主要出版领域涉及文学和社科。

男警官，他们俩经常会因为在两个城市同时发生的案件一起合作破案。"

"好主意，死者是……"这位柏林人眺望着远处，打量着餐厅里其他的客人，在他眼里所有人都是文学素材，"一位作家。一位习惯了享受成功滋味的维也纳势利眼，而谋杀犯，他可以是……"

"他的代理人！"

"太棒了！我们就这么写，而且我们可以把书拍成电影！你想想，我们还能推动旅游业发展！维也纳和柏林，太好了，这样再保险不过了！"

"我们就写二十个案子，每年写一个，我们就发财了，也出名了。"

我们就在一张纸上写下第一个案子的草稿，用不了十分钟就一清二楚。他动手写第一章，如果我感觉还不错，就由我来写第二章。

我们在朋友乱糟糟的房子里撑到了最后，尽管之后的好几个星期里我依然还能感觉到肺里不舒服。之后的几年我们每次参加展会都得绞尽脑汁找地方住：在维也纳新认识的朋友、联合国工作人员。我们在法兰克福的朋友告诉我们，我们基本上不可能找得到地方或者可能需要这样那样，我们倒是舍得花钱，找到的房子舒服，位置不错，而且房东人也好，可惜这家人第二年搬到摩洛哥去了。之后几年我们住在改建的车库里，有点脏，但是便宜，而且就在地铁旁边。期间我们找到一间超级贵的酒店，就在展会旁边，走廊里有洗手间和淋浴，水泵就在床边上，而且声音特别大，棕色的地毯脏兮兮的。去年夏天，一位老朋友给我打电话，很激动地告诉我，她作为大学数学教授可以选择两个地方：赫尔辛基或者法兰克福，我马上告诉她"法兰克福"！当然也不是完全无私。这样她房子里的沙发每年十月份就有三天归我们所有了，鉴于我有可能成为畅销书作家，出版社给我出钱订了一间酒店，后面几年的问题就解决了，而我朋友也会在法兰克福做很多年教授。

我们回到维也纳的时候，包里装满了书和各种有趣的故事，我们努力把书展上的见闻带到书店里。我们给员工和顾客讲那些小的奇闻逸事，我们发现的好书和认识的很和善的作家，跟托马斯·格拉维尼奇 ① 抽了根烟，和斯文·雷根纳

---

① 托马斯·格拉维尼奇（Thomas Glavinic），1973 年出生于奥地利，代表作包括《一个人到世界尽头》和《私家地理》等。

讨论奥地利的小出版社，与瓦尔迪米尔·卡米内 [1] 交流如何在展会的派对上生存下来（"你得多喝水，一整天都得这样，每喝一杯葡萄酒就要喝一杯水"），我们还跟埃卡特·冯·希尔施豪森 [2] 一起搭出租车，然后讨论该谁付钱。我当时离保罗·奥斯特 [3] 近在咫尺，我觉得他看了我一眼。我参加了书展，我们的顾客也能身临其境。

---

[1]　瓦尔迪米尔·卡米内（Wladimir Kaminer），演员、编剧，主要作品有《无处藏身》《俄罗斯迪斯科》《长城园》等。

[2]　埃卡特·冯·希尔施豪森（Eckart von Hirschhausen），德国著名畅销书作家。

[3]　保罗·奥斯特（Paul Auster），1947年出生于美国新泽西州，集小说家、诗人、剧作家、译者、电影导演等多重身份于一身，被视为是美国当代最勇于创新的小说家之一。

19

代理商对我们来说并不常见。说到这个词大家不自觉地就会想到吸尘器、特百惠或者上门推销保险。代理商并不是一个太受人尊敬的职业，除非手提袋里装着书。图书销售代表是出版社里最能干的人之一，他们对现实状况估计最准确，尽管热爱书籍，但是做事非常踏实。他们工作在第一线，他们必须以同样的热情给自己拜访的所有书商介绍相同的书，不管这些书好不好，或者书商感不感兴趣。

我认识奥利弗的时候他就是一家德国大出版社的代理商。我当时和一位做书商的朋友参加书展，他也在。朋友介绍完我们俩，奥利弗送给我菲利普·罗斯[1] 新出的小说和他

---

[1] 菲利普·罗斯（Philip Roth），1933年出生于美国，多次获诺贝尔奖提名，代表作有《再见，哥伦布》和《美国牧歌》等。

们出版社的宣传 T 恤衫。我们越走越近，每天都在汉堡和维也纳之间飞笺传书，两个月以后他来找我。他当时开着一辆红色的沃尔沃旅行车，后备厢里装满了新书和出版社简介，对我来说很有吸引力，就像糖果店里的姜饼屋。现在我自己成了书商，每年两次接待三十位代理商，他们坐在内室介绍他们的新书。代理商的收入跟他们的销售量挂钩，当然他们不能有欺诈行为，如果书不好卖，就不能说这本书是作者最好的作品或者出版社花费了几百万来营销，这样他以后就没法再来了。

如果有人和你一起坐在小桌子旁讲述各种各样的故事，感觉有点像聊天，其实大多数时候是一份辛苦的工作，最困难的是不知道如何当面拒绝坐在你对面的人。

最早到书店里来拜访我们的代理商根本没法好好完成他们的工作，老是被打断，因为太喧闹了。夏娃因为肠胃炎回家了，我必须不断地跑到前台去接待顾客。电话也不时响起，我根本提不起精神来听他说话。奥利弗把孩子接回家之后，小女儿拿着自己新画的画在我和代理商之间跑来跑去，他突然合上笔记本跟我说："这样根本没法工作！"他生气地离开了书店，然后我们有一年的时间没有买他那家出版社的书，对我们也没什么影响。

还有些代理商来的时候会带着饼干和巧克力，这样一下子就暴露了自己的目的，其实"真的没必要"让商务会谈变成家庭活动，因为他们给我女儿在电脑上看有趣的图书预告片，然后让我们的会谈变成了一起吃匹萨。

大多数时候他们知道我们喜欢什么，而且分寸把握得很好，有哪些故事该给我们讲，而且我们也都知道，有些读书会在店里卖得很好，这跟市场营销预算或者书评无关。

有一位代理商谙熟我的口味，他有一次激动地拿着一叠纸在我面前晃来晃去："你必须读一读！这本书太棒了！"我本来挺高兴的，但是我打开书翻了翻，并不太以为然。文字排版太松弛，段落和空白处相互交错。这是一位老朋友的书，丹尼尔·格拉陶尔从我 1990 年代工作的那家小出版社出版了他的第一本书。我当时刚刚涉足出版界，而他已经是在知识分子圈里小有名气的记者，但却谈不上著名的作家。我们当时关系非常好，我和他一起到上奥地利省参加图书发布会，在圣诞季市场上举行签售。我们从没断过来往，一直保持着联系。现在他在一家著名的出版社出了一本电邮小说。

我会去读吗？不会。

　　同一天我坐车到克拉根福参加"巴赫曼奖"颁奖仪式，把格拉陶尔的书稿随身带上，然后在火车南站买了几张报纸路上看。在维也纳新城我开始读手稿，读了几页之后我就被吸引住了。事情就是这样。从维也纳到克拉根福坐火车刚好四个小时，幸亏我读书速度很快，否则我都忘了该下车，可能一路坐到意大利去了，因为我根本停不下来。我到了克拉根福就给丹尼尔打电话，他所在报纸编辑部的电话号码我始终记得很清楚。

　　"我读了书稿！"

　　"是吗？"

　　"你一定会发财！"

　　"你真的这么想？"

　　"我知道一定会。我们一定会赚很多钱。"

　　我知道这样可能并不公平，我们不能把它跟其他书相比，就像不能拿苹果和梨相比一样，但是我发现当年的"德语文学年会"——也就是巴赫曼颁奖仪式上的文章并没有太多新意，完全没法跟他的小说比。我其实知道，一个是文学，另一个是娱乐。他们针对的是两个完全不同的市场和读者群体，但是最终都是书，我们自己决定买还是不买，还要看哪本书能让人动心，要么因为语言优美，要么因为所讲述的故事。

那位代理商再来书店取我们预订的格拉陶尔的新书数目时我告诉他："我们要三百本。"他看着我，好像我说疯话一样，其实三百本仅仅是开始。

这样的书能让人忘掉工作繁忙、收入却微薄的烦恼，因为我们卖的就是世界上最好的产品。我们出售的是故事。一本好的休闲小说跟一本所谓严肃的文学作品一样让我感到高兴，有时候我发现在德语文学世界里这样的区分是徒劳的。每次我都很困惑，女读者会喜欢什么类型的书，她们往往来到书店告诉我们："请您给我推荐一本好书。"到底是什么样的书呢？对于一位女士来说什么是一本好书呢？是介于埃尔弗里德·耶利内克和塞西莉亚·埃亨 ① 之间，但到底是什么样的书才能让顾客不会有意见呢？"您想要更有深度的还是娱乐性多一些的？"这样合理吗？为什么不能有既有深度也有娱乐性的书呢？当然，找到这样的书是一件重要的事，因为有人觉得有些书读起来很不舒服。当然，更难的是帮助

---

① 塞西莉亚·埃亨（Cecilia Ahern），爱尔兰总理的女儿，代表作有《附注：我爱你》等。

顾客找礼物。有人到书店里来就像逛花店或者酒庄一样，他们想买个礼物，但不知道买什么。

"我想给一位五十岁的女士送一份生日礼物。"

"她有什么兴趣爱好吗？"

我试图跟一位女顾客解释，其实就跟她到一个四层楼高的服装店一样，在楼下就问门口的安保人员："我想要买可以穿的东西"，皮草、袜子、胸罩、男士西装还是比基尼？是啊，可以选择的东西很多，但不是所有的东西都可以退换。买书也是一样，最起码要大体了解送礼对象的口味。这跟"购买此商品的顾客，也可能想买……"无关。

也有些书虽然我觉得很好，但是却很难跟别人讲。就是说不明白。我试过几次之后，就开始在接下来的谈话中将顾客的注意力引到旁边的书上去，经常我也搞不清楚为什么要这样做。有时候只有在跟顾客谈话的时候才会发现自己这样，书就放在那里，有人之前读过，觉得很不错，就一下子买了很多本，但就是没法跟别人介绍。很荣幸我们有些忠实的顾客，他们非常信任我们，我们经常只需要说："您看看这本书吧，非常好的一本书。"

D女士在一家医院工作，她想找一本书在度假的时候看，就来咨询我们的意见。我正在读的一本小说非常吸引人，我就给她推荐了。故事的关键词是：一位聋哑儿童，美国的一处农庄里饲养狗。本来听起来不像是个有趣的故事，但却是一本非常吸引人，让人欲罢不能的小说。D女士也有点怀疑，本来她也对在美国中西部地区养狗的故事并不感冒，但却受到我的感染。对她来说唯一重要的就是故事不能太悲伤，最终她度假的时候对这本书爱不释手。

周末我休息的时候读完了这本大部头的书，心绪不宁。绝不是一个圆满的结局！读起来非常压抑！我周日下午来到昏暗的书店，打开电脑，从顾客卡上找出D女士的手机号，给她发了一条短信：请不要继续读下去了！所有人都死了，狗也没能幸免！她马上就回复我：太晚了。

每过几年我都会碰到这样一本书，读完前二十页就把人吸引住了。我强迫自己慢点读，仔细品味语言，尽管我最喜欢坐火车的时候一口气读完，好知道接下来发生了什么，书的内容是不是跟宣传的一样吸引人。如果确实是本好书，我就会跑到编辑那里，想让我在乎的人，也包括其他读者都能尽快读到这本书，以最快速度拿到手。每当我想把书里的故事讲给尽可能多的读者听的时候，我就笃定，这个世界上没有比这更好的工作了。最好能把这些书都送给读者，有时候我会对卖书赚钱有些不忍心。有一本不太起眼的书叫《不再恐惧》，封面上画着很多树，作者是莫妮卡·海尔德[①]，听起来也不太耳熟，我却把整本书一夜之间读完了。书里讲述了一位奥斯维辛集中营幸存者和一位遗腹子之间的爱情故事，这样的主题有些沉重。我在书店里会经常听到有人说："真是受够了，老是翻来覆去地讲些老故事。"或者有人觉得这本书里的故事太悲惨了，根本不适合冬天在山地小屋度假滑雪的时候用来放松。第一个不得不读这本书的人是奥利弗，虽然他显得不太情愿，他床头还没读的书已经堆成山了，这本小说绝对不在他的待办事项里。不过有时候我也会不厌其烦跟他说，然后他就明白这本书值得一读。大约读到一半的时候他说自己是读"这类书"的专家，当他读完的时候已经是泪流满面。我说啥来着？

我无论如何都得跟作家见一面。这个对我来说不难。我有权利这样做。这也是我喜欢我现在工作的原因之一。我邀请她来维也纳参加读书会，之所以举行这次读书会，完全出

---

① 莫妮卡·海尔德（Monika Held），德国畅销书作家，代表作包括《不再恐惧》和《蛋糕大战：生日的故事》等。

于自私的目的，因为我最主要的目的就是认识一下写了这本奇书的作家。我想知道写出这样一个既幽默又悲伤，既谨慎又毫不留情的故事的女人到底是谁，我甚至感觉只要是我的朋友都得买一本回家，不管是从我的书店还是其他书店，无论如何都要买一本。

我可以在一家奥地利大日报社的文学版块写一份书评，我和编辑商量了一下，可以完全按照我的意愿来写。这本书给我的触动太大了，我根本没法"正常"写评论，而我始终也不是个文学评论家，而是书商。而且给专栏写评论也有特殊。所有人对书很满意，直到我周日早上打开我的脸书[①]账号：一位女作家对"自诩为文学评论家"的我写的很主观的文章显得很激动，她不太友好地指责我的文章是为马上要举行的读书会做广告。"编辑部为什么不跟这位新晋的文学评论家讲一讲该怎么写文学评论，而不是变成她自己的广告或者好恶？"此言一出让这位女作家出名了。当然仅限于脸书，而且只有在这个周日的清晨。

---

① Facebook，美国的一个社交网络服务网站，于2004年2月4日上线，2012年3月发布Windows版的桌面聊天软件Facebook Messenger（飞书信）。主要创始人为美国人马克·扎克伯格。

泪水噙满了我的眼眶：不是因为我写的文章有人不喜欢，而是因为她很明显不明白我写这篇文章的目的，我根本不是为了一个所谓评论家的名头或者我们办的读书会，而是因为它是关于大屠杀的书里面最能打动我的一本，另外还有一本就是哈克尔[①]的《告别西多尼》，我当时读这本书的时候只有十八岁。我没有在读书会上靠这本书赚一分钱，对我来说我的名字出现在哪里根本无所谓，有四十位朋友每次都会来参加我举办的读书会，即使作家并不出名，不管有没有在报纸上发布广告。

读书会开始的前一天我才第一次见到莫妮卡·海尔德，她和出版社的编辑一起来的，我第一眼就爱上了她们两位。我们相见恨晚，这两位女士让人过目不忘，而且非常幽默，尽管之前给我安排的工作时间是从上午九点到下午四点，我当时决定和他们一直待到最后：我带她们在维也纳转转，一起去奥地利著名的布劳－诺霍夫咖啡店喝咖啡，在老城区逛了逛，然后一起吃猪排。

晚上我们的小书店人声鼎沸，我当时突然感觉，我已经

---

① 埃里希·哈克尔（Erich Hackl），奥地利小说家，代表作有《萨拉和西蒙》和《宛如天使》等。

认识莫妮卡·海尔德很久了。她读了几段文章，我提了几个问题，然后是其他读者提问。屋里变得鸦雀无声，整个活动持续了很久，直到一位先生站起来用沙哑的声音对我们举办的读书会表示感谢，一位坐在后排的女士表示赞同。他们感谢作者写了这本书，而且为他们诵读！过了几天，我们给一位女顾客讲了那晚发生的事情，她之后就从教区报名参加了奥斯威辛参观之旅，之前她对此并不相信，现在参加了读书会，尤其是读了这本书之后，她才真正认识了那段历史。几周之后我们和一位老师谈起来，他率先将它作为上课讨论的题目。过了半年，一位年迈的老妇人专程对我的文章表示感谢，正是因为这篇文章让她接触到了这本书，而且之后送出了几十本书。这时候我再一次感到自己的工作是多么伟大，正是这样的时刻和事件让我们平时辛苦的工作、经常装修书店、周末装饰橱窗和连夜制定教科书目录就都变得有意义了。

20

　　美国大作家乔纳森·弗兰岑 ① 来维也纳了！他在一家剧院里诵读自己的新书，出版社问我们要不要一起参与组织。竟然是我们，而不是某家大连锁书店！既然问我们，我们自然不会拒绝，这对我们是莫大的荣耀。来的可是弗兰岑！他的著名小说《纠正》是少数我和奥利弗都认可的好书之一。现在他要到维也纳来了！和我们一起！我们激情澎湃地准备和核算读书会活动：出版社负责作者的开支，我们需要一位主持人和一位演员来读德语文章。我们可以从门票和售书的收益里获得提成，虽然甚为微薄，但我们并不是为了赚钱，而是为了这份荣耀。

---

① 乔纳森·弗兰岑（Jonathan Franzen），美国最出色的小说家之一，主要作品有《偶尔做做梦》《第二十七座城市》《强震》《自由》等。

一家德国大报社的文学编辑可以做我们的主持人，一位我们非常尊敬的城堡剧院演员也答应为我们读书，虽然成本远超预算，但没关系了，因为我们所参与的是今年最重要的文学盛会。

从一开始我们就感到有些难度。作者没有想到要提前发给我们他摘选的文本，这样演员就没法提前准备了。演员有些气恼，因为他非常专业，凡上台之前都需要做准备。尽管我们知道主持人的收费标准，而我们给她找了一家快捷酒店，但是我们却没法问演员的时薪到底是多少。我们也管不了这么多了，剧院票早已售罄，我站在剧院门口等候乔纳森·弗兰岑。我们已经比约定的时间迟了半个小时，几个小时之前作家通过邮件给我们发过来的文本太长了，我们还需要讨论一下，主持人也还需要和作家对对台词。我还在怀疑自己的英语水平能不能达到和明星作家顺利交流的时候，他已经下了出租车，大踏步向我走来，用熟练的德语向我为他的迟到道歉，因为他和亲戚见面的时候忘了看时间。我拿出几段他给我们的文本，将他带到演员试衣间，想告诉他摘选的文章太长了，希望他能马上修订一下。演员朝我眨眨眼，伸手拥抱乔纳森·弗兰岑，然后两个人就去试衣间了。晚上进行的过程我记不清楚了，但是我记得没有发生什么大状况。主持人准备得特别好，弗兰岑非常有魅力，这位演员做的也比仅仅是"用德语读文本"多得多。我们的书源源不断地卖出去，弗兰岑的签售持续了一个小时，我们小心地问演员是否想当场就拿到他的酬劳。

他说："我从出版社拿酬劳！"

"不行，我们来支付。"

"但你们就是家小书店！"

"是，我们确实是家小书店。"

"那不就完了。"

"什么就完了？"

"这样就可以了。可以给我一本书吧，我想让作者签个名。"

是的，确实就有这种人。他们是非常有天赋的演员，声名显赫，而且酬劳昂贵。但有时候他们就是很酷。我在城堡剧院看到他演哈姆雷特的时候，我老是觉得舞台上站着的是我的朋友，尽管他压根想不起我是谁了。

招待晚宴非常豪华，幸亏市文化局邀请我们参加，出席的还有出版商、主持人、几位剧院工作人员和两位奥地利作家，其中一位是弗兰岑的粉丝。晚会的胜景可以在托马斯·格拉维尼奇的小说《这就是我》中窥见一斑。

21

我对音乐并不感冒。我知道我们死亡金属乐队贝斯手演奏的音乐对我来说太吵了，而我喜欢轻柔沙哑的女声。我喜欢听古典乐、披头士乐队和大英雄乐队①，有时候也会听一听 ö3。我的同事芭比大体了解我喜欢什么样的音乐，所以在我生日的时候送给我一张混声大碟，里面至少三分之二的歌曲我都觉得不错，看来她对我还是很了解的。她有自己喜欢的乐队，其中大多数我都不认识，只是偶尔听同事们在内室里讨论各种音乐会，然后发现他们在体育场或者 WUK② 熬夜留下的黑眼圈。有一次她有点小激动，因为一家奥地利出

---

① 大英雄乐队（Wir sind Helden），目前德国最火的摇滚小乐队。
② WUK 欧洲著名文化中心之一，位于维也纳。

版社出了一本碧丽霞·巴盖尔德[①]的书。我之前听说过这个名字，而且"倒塌的新建筑"乐队的名字也唤起了我内心的一段灰色记忆。"他来奥地利的时候，请务必让我布置书桌。你能替我安排吗？"之前很少有人想布置书桌，我立马将她的愿望转达给了出版社。当然没什么问题。过了几周出版社不仅提供了布置书桌的时间安排，还发来了去圣珀尔滕参加读书会的邀请，包括和碧丽霞·巴盖尔德共进晚餐。而我的同事却没有特别高兴，有时候认识一位自己内心的大英雄也可能不如想象中那样美好。

不管怎样，她都不可能一个人去，我们大家要一起去。我晚上下班之后把孩子从空手道学习班接回家，然后穿过厚厚的积雪开到高速公路上。芭比为旅途准备了 CD，路上有四十分钟的时间，她可以让我更好地了解"倒塌的新建筑"乐队的音乐。效果当然还不错。

天堂剧院里摩肩接踵，舞台上孤零零地放着一把椅子和一个麦克风。碧丽霞·巴盖尔德上台了。他个子很高，

---

① 碧丽霞·巴盖尔德（Blixa Bargeld），德国演员，主要作品有《地球两万日》《点子的入侵》等。

看起来有点像米克·贾格尔①，是那种"我已经看起来很帅了，小日子过得很滋润"的类型。他开始诵读自己的文本，我被深深吸引了。《横看欧洲：串烧》，本来应该是本旅行日记，并不是很惊心动魄，一个独特的视角是关于饮食的。巴盖尔德先生其实不仅仅是一位伟大的音乐家，还是一位美食家，音乐会之后美美地吃一顿起码看起来跟音乐会本身一样重要。

他断奏般的表演让我感到非常惊奇，背诵菜单竟然会这么有趣。

读书会结束了，碧丽霞·巴盖尔德签了很多书，已经到了深夜，现在大明星得去用膳了，就在圣珀尔滕，时间是二十三点。出版社告知参观完我们会过去，所以厨房还得为我们待命。首都刚好处在紧急状态中，那天是弗里策尔案②开庭审判的第一天，欧洲所有的媒体齐聚圣珀尔滕，所有人都想看看这位"阿姆施泰滕③的野兽"，他把自己整个家庭

① 米克·贾格尔（Mick Jagger），摇滚乐手，滚石乐队创始成员之一，1969年开始担任乐队主唱。主要作品有 *She's the Boss*、*Primitive Cool*、*Wandering Spirit* 等。
② 约瑟夫·弗里策尔（Josef Fritzl）乱伦案（Fritzl-Prozess），其禁锢亲生女儿当性奴24年并生下7名子女一案，案件于2014年8月16日在奥地利圣珀尔滕的法院开审。
③ 阿姆施泰滕（Amstetten），地名，位于奥地利中部。

囚禁在小房子的地下室长达数十年。碧丽霞非常气愤，因为在整个圣珀尔滕找不到酒店房间了。他不得不住在城外二十多公里远的一家森林旅馆里面，不过那里的巧克力非常好，甚至还能带给家人吃。就是出版社的同事有点不高兴，因为她得把大明星送回去，因此需要在酒店等大家把所有的酒都喝完才能走。可惜她没法喝酒了，因为她必须保持清醒。

我们来到这家位于圣珀尔滕的独一无二的诺贝尔酒店，真是名副其实，装修风格非常老套。服务生走到桌子旁边，清清嗓子让我们听他致欢迎辞，气氛稍微放松了一些。看起来他想不动声色地认出桌上的大名人，因为碧丽霞是唯一穿西装的客人，而且他在过去几十年里习惯了"站在中间"的感觉，服务生还是很敏锐地认出了贵客，并致以最热烈的问候。

接下来服务生建议各位喝点开胃酒，男士喝啤酒，女士喝一杯加了果味的香槟，这样可以掩盖酒精的味道。芭比在书店里主要负责解决关于性别的问题，她自己嘟囔了几句，然后点了一杯啤酒。餐单上的肉类包括加肉汁，而芭比说她想要吃素菜，接下来大家就开始讨论素食主义。碧丽霞看起来早就经历过这样的人生阶段了，所以点了一份巨型牛排。

我们人不算多，除了我和芭比，只有几个出版社的同事，过了一刻钟之后我发现我们的角色就是：让大明星别闲着。出版社的同事忙着吃他们的肉，看起来有些疲惫。可以理解，他们已经陪着作家好几天了。我们什么都说，讲了很多故事，而且大明星看起来也不觉得累。很庆幸我们能有机会坐在一起，我们一边聊天一边吃新鲜的面包，而且还有他的粉丝。虽然我不是他的粉丝，但好在他并没有发现。芭比和大明星聊天的时候大部分时间都是在争论，而出版社的同事却乐得逍遥自在，大口喝着红酒。我只能可怜兮兮地喝点矿泉水，因为我还得在雪地里开四十分钟的高速回家。

我们也谈到了书店。碧丽霞和芭比兴致勃勃地谈论想要做一个巨大的网状"最受欢迎图书陈列柜"，周围用希腊圆柱装饰。坐在我们对面的年轻男士也参与进来，他一晚上都没太说话，也不知道他具体做什么，他好奇地问具体是什么样的圆柱。我们饶有兴致地看着碧丽霞，期待他的反应。他脸上掠过一丝不悦，但他还是温柔地对那位男士解释了一番。"太扯了"，芭比轻声地朝着我说，"一点教养都没有，要是换成别人才不会跟他客气。"

碧丽霞·巴盖尔德看起来心里也是这么想的，不过我们很快就转为讨论孩子了。他很自豪地拿起手机给大家看他可爱的小女儿安娜的照片。另外，他和妻子还给孩子起了一个名字，叫米利森特·巴盖尔德①，逗得整个桌子的人都捧腹大笑。作为书商，我们也是三句不离本行，后来谈论起我们对书的理解。我们告诉碧丽霞怎么找到最棒的儿童书，他必须必须必须（重要的事情说三遍）把它们送给安娜。话锋一转，我们开始谈论我们手里的笑料，我们的"巴甫洛夫书商反应式"让大家都觉得很有趣：孩子＝立刻需要一本、两本、许多本书。

不知不觉我们喝完了最后一杯酒，我们意犹未尽离开酒店的时候服务生看起来已经疲惫不堪了，而酒店里其他人早就走光了。

我们穿过午夜的积雪发动车子的时候，圣珀尔滕已经万籁俱寂。碧丽霞穿着笨重的大衣艰难地挪动着脚步，看起来好像他在《就像在天堂》②里刚把大衣从迈克尔·恩奎斯特的尸体上扒下来。他们俩用的剪刀是不是一样的？从后面看他就像一

---

① 森特·巴盖尔德（Millicent Bargeld），人名，字面意思"毫分·现金"，都跟金钱有关。

② *Wie im Himmel*，于尔根·德鲁斯（Jürgen Drews）的电影作品。

只巨大的乌鸦，刚从洛夫克拉夫特的故事里掉落到圣珀尔滕静谧的世界。他腋下夹着一本恩斯特·杨德尔①儿童版的《奥托的小狗》，是出版社送给他的。突然空荡的步行街上响起我们熟悉的舞台朗诵声："奥托的小狗向前走。奥托：向前，小狗向前……"我们放心地跟随着碧丽霞的杨德尔诗朗诵穿过沉睡的迷宫般的城市找到了我们的汽车。我瞥了一眼碧丽霞，他抽着烟从我身边走过，还没等我提问，他就朝我笑着说："很美"。

① 恩斯特·杨德尔（Ernst Jandl），1925 年生于维也纳，2000 年因病去世，当今世界上最具影响力的诗人之一。

22

　　我认识的一位企业老总给我打电话说 T. C. 博伊尔要来维也纳，将会在拉本霍夫举行盛大的读书会，我们负责按时提供卡片。我们充满了期待。另外，读书会前一天需要共进秘密晚餐，参加者屈指可数，有作家的同事、记者和房东的朋友。

　　"你的同事里有一个是作者的粉丝。你觉得她会一起来吗？"

　　死亡金属乐队的贝斯手就坐在后面的写字台上回复订阅邮件。

　　"你想和 T. C. 博伊尔共进晚餐吗？"

　　"嗯，好啊，不过，我吗？我自己去？"

　　"当然不是，还有其他几个人呢。"

　　"那你呢？"

　　"不行，我们不能两个一起去。另外我的英语很烂，太痛苦了！"

过了几周之后我们都忘了要跟 T. C. 博伊尔吃晚饭的事了，直到企业老总朋友给我打电话："五月一日，晚上七点，城市酒庄餐厅，你们两个可以一起来。"

我给贝斯手打电话："你五月一日有安排吗？"

"我没事，怎么了？"她的声音里透露出些许怀疑，我立刻读懂了她的心思：我是不是要给她安排任务？

"你可以去和 T. C. 博伊尔吃个晚饭。别怕，我也一起来。"
"天哪！"

我们在约瑟夫施塔特大街上见面，两个人都有些激动。我希望人别太少，我可不想整晚都让大家听我蹩脚的英语出丑。我的同事非常紧张，在去饭店的路上喋喋不休，直到我们走进啤酒花园，她才安静下来。她激动得不敢说话也不敢吃东西，连着喝了两杯白鸡尾酒。大作家过了一会和她聊了起来，他非常幽默，也很有魅力，他们两人很快就找到了共同话题：音乐。她害羞地从手提包里拿出一张他们死亡金属乐队的 CD，这是她无意间放到包里的。T. C. 博伊尔非常高兴，在回家的路上我们就想象着他如何在他位于圣巴巴拉的弗兰克·劳埃德·赖特大厦里放到播放器里，然后听到她弹奏的贝斯。

我们穿过约瑟夫施塔特大街坐地铁的时候已经很晚了，我们两个人都很受触动，这位伟大的作家非常酷，我们特别喜爱他的书，而且他也很有激情。

"你知道吗，如果我得了老年痴呆症，所有的东西都忘了，也不会忘了今天这个夜晚。我是说和 T. C. 博伊尔一起在酒庄吃晚饭！"

23

……一个好消息。周天大剧院会演奏莫扎特
和巴赫的作品，还有舒伯特的最后一首钢琴奏鸣曲
D960，票已售罄。大家也可以在索尼出版的一张舒
伯特 CD 上听到，里面还有四首即兴曲 D899，书商
处有售。收录了……

一片碎报纸，非常小，不用折叠就可以放到信封里。它
现在就摆在我的柜台上，L 先生路过的时候扔给我的，因为
他老是在赶时间："帮我订一份：记得给我打电话！"他老
是匆匆忙忙的，有点不太礼貌，我倒是跟他相处得不错，看
到他会想起我的父亲，老是给人一种粗暴专横的感觉，其实
他不是故意的。从这张 2 厘米 ×3 厘米大的纸片上我们得找

出 L 先生想要啥。好在我们有大把的时间，我们上网费尽周折找了一遍之后发现了这张 CD，然后订了一张。还不错，我们挣了 1.5 欧元。

更有趣的是有些老先生，他们吃早饭看电视的时候看到一本书，上面有人拿着一架相机。"书是绿色的！作者是牧师还是老师来着，差不多这么回事。您没看过吗？"当然不可能了，我们可不能让一位同事啥都不干每天就看四十个电视台，我们请不起，不过我们有因特网，在网上啥都能找得到，很不可思议。不知道具体哪天，不知道什么时候，不知道哪个频道，只知道书是绿色的。一般我们都能找得到，而且会跟顾客一样感到高兴。原来只有巨大的绿色的人造革目录，上面按照字母顺序列举了所有可以提供的书目，当时的人是怎么做到的？只能写下书号，然后打电话订书。当然这还不是我祖母小时候的事情，而是奥利弗进行书商培训的时候。当时没人有手机，也不知道什么是因特网，所以一方面书商都很庆幸有因特网的帮助，另一方面觉得要是没有可能会更好。当然，武器不是邪恶的，邪恶的是使用武器的人，狗对人没有威胁，有威胁的是狗的主人，是他把狗训练出来的。因特网当然本身没错，只是那些想利用因特网无休止牟利的人不对。

十多年前的世界还很简单：小书店的敌人是大书店。我们刚开业的时候老是担心我们的书店：在街上开了一家图书超市，以后没人来我们店里了。所有人都涌向大书店，人家有自动门、电梯、几米高的书堆、彩色的塑料袋和特价产品，还有许多特价产品。到时候所有的员工都得解雇，我们再也付不起房租，要是走运的话也会变成一家大书店的雇员。

对于许多刚好位于直辖市的小书店来说，这就是现实。就近开一家大书店，开始几年勉强维持生存，然后就被迫关闭了。其间情况有些许变化，因为大的连锁书店，说好听点就是背后股东和监事会成员都知道——其实小书商们一直都明白——靠卖书赚不到大钱，就跟我们现在一样。我们只能维持生计，拥有一套温暖的房子，也许还有一套小度假屋，多了就不可能了。年终没有过多盈利，也没有给股东的分红。跟其他行业一样，上层领导做出的反应就是：关闭一些店面，裁减员工，尝试通过销售利润更高的商品刺激销售量。所以称职的书商都会摆放好花园小精灵和咖啡杯，或者按照正确的年龄段归置乐高积木。要是问我我就会这样回答：小书店的老板会详细地算一笔账，靠卖书不可能致富，许多小家庭书店过了几代人之后才发现这个问题。我们和"大书店"之间的区别听起来有点像陈词滥调，有些俗气，那就是：我们有自己的理想，我们是靠理想活着，而他们想赚钱，每年都想赚更多。我们的家用汽车就是小货车，滑雪的时候住在自助小屋里，夏天能在东蒂罗尔漫步度假一周。很好，我们有一栋周末度假的小房子，去年我们去伦敦待了五天，我当学生的时候可是负担不起。所有的这些奢侈的享受让我们感到有些不安，因为我们需要加很多班，当然对我们来说不能算加班，因为我们自己就是老板。但是这对我们不重要，因为我们都是爱书的人，我们不会说：疯子，即使在我们书店快速发展和利润增长的时候也完全不适合我们。我们虽然是商人，但是我们除了书之外想不到还能卖什么别的，当然可能卖个小书签或者小火龙玩具，但绝不会是洗衣机、电脑、花园小精灵、汽车或者其他东西。

而现在的竞争对手不是在大的商业街或者购物中心，所有的书商，不管大小，竞争对手都是在网上，它叫亚马逊。人们可以舒适地、不假思索地点两下鼠标装满自己的购物车，然后在线支付，根本不需要出门或者离开办公室，因为他们没有时间，或者他们觉得省事。三天过后快递员就把书、衣服、鞋子、CD、面包机和其他东西送到了门口。

一切就从我的邻居开始。他住在四楼，我们在楼梯间打招呼，他好像叫安德烈斯。我从来没有在书店里看到过他，有一天他在我们的信箱里放了一份亚马逊的宣传册。它的大小和样式很容易让人误以为是书，我很无语。在废纸回收桶旁边我问他："你住的楼里有书店你为什么还要在亚马逊买书呢？"

"我也不知道，就是更方便，我一般都是晚上买书，很简单就搞定了。"

"你也可以在我们店里买！"

"所有的书？"

"所有的，而且书的价格都一样。"

"我知道。"

"好啊，你知道。你要是不想跟我们说话，你就从门缝里塞个纸条，我就给你把书放到脚垫上。我们不需要说话。"

很简单。我努力跟他解释，他听懂了。后来他很快搬走了，但仍然在我们书店买书。

这次经历就像是导火索。突然我发现在我们书店周围冒出来很多亚马逊的包裹：要么是快递员，要么是年轻人，他们觉得从网上买东西很酷。正是这些年轻人，他们刚刚从学校毕业，之前非常喜欢街角的书店，因为可以买到练习本和数学公式手册。亚马逊上可没有这些东西。买东西花不了五欧元，还能打九折，也就是说最多能挣五十欧分 [①]。每次去邮局碰到他们的时候，不管是排在我前面还是后面，我都会跟他们闲聊，很生硬地问：你们知不知道要是所有的东西都在网上买会怎样？你们知不知道，要是周围什么商店都没有了意味着什么？

　　我也不太清楚我们什么时候才意识到我们的敌人不是城市另一面的连锁书店，而是在看不见的因特网上。突然点点鼠标就能买东西变得很性感，到小商店里说自己想买什么东西变得很不酷。我们突然觉得这种感觉很不舒服，要是手头没有书或者一天之内买不到就感觉很不安。亚马逊突然变成了全能王，网站上的所有东西都变成了真理，我们就突然变成了落满尘土的小半吊子。为什么突然穿上这只鞋？在亚马

---

① 100 欧分为 1 欧元。

逊上还是不能像走到商店去马上就把书买走，更不用说最新的畅销书！在网上必须下订单，第二天快递员把书送来，要是家里没人，还得再来一趟。有什么好的呢？因特网和亚马逊不一样，许多人还是不明白。

"现在店里有这本书吗？"

看一眼电脑："没有了，我刚看了，现在缺货。"

"什么缺货？您这里吗？"

"不是，缺货的意思是现在没法下订单了。"

"但我是从网上找到的！"

"您说的是因特网上的亚马逊吗？"

"对，那里可以订购。"

我们看的是同一个亚马逊网页，"可以从这些供应商那里买到书。"我们就开始跟他侃侃而谈，这些供应商都是私人的，他们一般都在集市上卖书，大部分都是旧书，而且大多不会寄到奥地利来。很少有人真正相信我们，最终在亚马逊上显示的是"有货"。

我们对于网络炒作的反应就是扩展我们自己的网站，并且设立了网上书店。注册之后也可以跟大供应商一样自己查找和订购。顾客可以选择自取或者邮寄。当然奥地利境内是免费邮寄的。虽然我们承担不起邮费，但是我们也想做到拥有几百万销量的竞争对手一样的快捷高效，以顾客为上，而且我们必须多做宣传。我们不能想当然地认为所有住在附近想买书的人会自动来我们书店买书。之前我都是这么认为的，现在我产生了深深的怀疑。

我们得办一份客户杂志！酒店的晚宴是一切的开端。当时就是在这样一个夏天，原来书店的代理人给我们讲述书店的故事。我们的员工安娜的男朋友是图形设计师，他不仅仅是专业人士，这样的人一般就职于大公司，而且他知道我们喜欢什么样的形式。澳式猪排和炸猪排，几瓶饮料和白鸡尾酒，桌子上摆满数不清的报纸、宣传册、宣传单页和杂志，按照"完全不行"和"我们喜欢"分成两堆。核心数据非常清楚：所有的都是我们自己写的，我们不想做成广告，也想不受畅销书榜单的影响。单纯就是选择我们觉得好的东西，所有的员工都可以露面。我们的会谈很快就结束了，晚上的工作时间却比原来更长了，第二天我们手里就拿到了一份草案，这份广告的雏形出来了，跟我们想象的一模一样。

过了几个星期之后，周围所有居民的信箱里都塞了一本

《哈特利布01》，我们非常骄傲，就好像我们自己办了一份日报。是我的幻觉吗？还是突然有新面孔到店里来了？我恰好看到一位：花白的鬓角，昂贵的夹克，剪裁精美的牛仔裤，黑色的眼睛，我猜他是建筑师或者图形设计师。他没话找话地询问日历，然后在店里四处打量。突然他站在我面前：

"请告诉我，这份报纸？您给这个小区都发了吗？"

"嗯，您看到了，我们的小书店多阔气！"

他开怀大笑，我们聊了一会，我就问他在这里住了多久，之前来没来过我们店。他在附近住了五年，离我们走路也就三分钟距离，之前买过一次明信片。之前他认为我们这样一家郊区的书店没法满足他对文学的要求，所以他根本就没进来过。他要寻找意义！哪怕你勒紧裤腰带，花十万欧元重金请专业人士装修，不断更新作品，紧跟时代步伐，私下认识所有重要的奥地利作家，这样的人也不会进来，因为我们地段不好。

在一家大出版社的圣诞晚会上我和一位认识的记者聊天，她想到一个主意，要在《维也纳日报》上写一篇文章：图书零售成为夕阳产业。她想让我上封面，讲述我与因特网巨擘的斗争，同时也代表了许多其他书商，他们每天都和我们一样奋斗。

她问了我很多问题，我尝试着让我的答案既显得诚实，又不能让人感觉太哀怨。过了一个星期之后我的照片出现在了报纸上，处理过的照片让我看起来有些狰狞。标题是"一位反对亚马逊的斗士！"我翻开报纸的时候就知道不是所有人都觉得是好事。事实上还没等报纸塞到信箱里就有人打电话过来了：为什么我要说行业代表没有采取任何措施应对网络竞争？你怎么就觉得没人管了呢，而实际上三个月之前就有了专门的工作小组。

我压根不知道什么工作小组，其实这就是一个访谈节目，有人提问题，而我就回答问题。有几位顾客到店里来，很骄傲地告诉我他们知道了这篇文章，他们表示自己的所有书——每一本书都会到我们店里买，不会去其他任何地方，更不会在网上买。

日报的记者是一位先知，她对话题非常敏感，亚马逊突然成为媒体上的重大事件。晚上有媒体对网络巨头进行了报道。两位记者进入亚马逊的物流公司调查之后抨击了那里恶劣的工作环境：大多数员工都是通过中介公司招募的，他们都是从高失业率的地区来，如西班牙和东欧，当时都是被哄骗来的。他们的工作很没有尊严，没有固定的工作时间，而且受到私人保安的监视。现在看到了，要是在五年前可能关注的人并不多，而现在因为脸书和推特①让事件瞬间轰动了。影片点击量成千上万，其他的媒体也马上搭上了顺风车，瞬间让这个因特网大鳄变得不再那么有魅力。因为亚马逊对待工人的方式太差了，公司吸引了大量的投资，因为公司所在地方是结构比较薄弱的地区，而且因为坐落于卢森堡，所以不需要向德国或者奥地利交税，要是按照德国法律要求员工成立工会，那他们就会有大麻烦了。

我们一般早上喝咖啡的时候都很安静，这次一位员工问我："老板，你注意到了吗？"

"注意到什么？"

"我们有许多新顾客了，而且都是年轻人。"

几个月前我们觉得我们的顾客群体都是中老年人。当然不是所有人年纪都很大，但大多数都步入了所谓的"银发年龄段"。我们倒是觉得无所谓。他们受过良好的教育，拥有

①　Twitter，一家美国社交网络及微博服务网站，是全球互联网上访问量最大的十个网站之一。

强大的购买力，也很看重我们的咨询意见。问题是：他们比我们年纪大多了，总有一天他们会离开我们，而我们还在——希望是。我们不仅看到孩子们在成长，也看到精神矍铄的女人神色黯然，健硕的男人弱不禁风。

我们最忠实的顾客是妈妈们。上午她们都会出来带着孩子透透气，对她们来说上网买些图画书没有太大意义，而且在我们这里大家都很和善。除此以外的年龄层呢，他们在哪里？比如大学生？还有年轻有为的律师、建筑师和广告图像设计师呢？他们很明显会经常上网，他们在亚马逊和Zalando[①]上买了很多东西，现在他们也在脸书和Youtube上看到了关于亚马逊的报道。他们本来就不是坏人，就是简单的图省事，现在他们觉得这样不好，就想起了他们之前去面包店或者日化商店时路过的小书店。他们不经意间上门，在店里有些犹豫地四处张望，很高兴有人会跟他们攀谈，而且非常吃惊地看到我们店里丰富的产品，而且工作人员并不是脾气暴躁的老女人，盘着发髻，眼镜拴个链子挂在脖子上。他们非常吃惊地看到我们店里可以买到所有的书，哪怕是专业书和大学教科书。

---

① 总部位于德国柏林的大型网络电子商城，其主要产品是服装和鞋类。

"怎么订书呢？"

"现在订好明天就能到。"

"什么，明天？"

"是的，明天就到了。但是得到中午了，您可以来取。"

"每本书都是这样吗？"

"基本上是。有些书需要两天，除非缺货的书。当然我们一般也能订到，就是时间需要稍微长一点。"

"也不需要额外的费用？"

"不需要，书的价格哪里都是一样的。"

"太酷了。"

"是啊，我们也觉得很酷。"

有时候我们也问自己，不知道不同协会的《反价格垄断法》宣传活动到底花了多少钱，为什么许多人都不知道在大型图书超市或者网上买书并不会更便宜呢。

现在他们到我们店里买书，也去其他小书店，因为他们觉得从网络大鳄那里买东西让自己觉得良心不安。他们愿意来我们这里买书，因为在真正的商店里买书也不坏，环境也不脏，也不是不性感。除了享受我们的建议之外还能听听笑话或者免费包装，要是嫌花的时间太长，还可以打电话咨询。

顾客们几十年以来已经喜欢把自己当作上帝，而且无所畏惧，我们现在还会收到这样的邮件："因为我不想在亚马逊上买东西了，我想问一下，要是我以后都在您这里买书，我能享受多少优惠。"我们回复到：我们（也包括亚马逊）没法保证折扣，因为我们必须遵守《反价格垄断法》。我们可以免费寄送，按照您的想法包装礼物，要是您愿意我们还可以脱光了衣服为您在桌子上跳舞。当然我们没有这么写，尽管我觉得这样写很有意思。总有一天我会这样做的。

我们网店的销量稳步增长，我们决定让一位雇员转做文秘。之前尽管奥利弗负责几乎所有的写账单和转账、准备会计记录、更新网站内容和制定排班表的工作，过去几年这些工作量增长很快，所以靠他自己没法完成。贝斯手已经在我们店里工作了八年，她成为网店负责人，回复所有的邮件并负责复杂的订购。她很高兴看到自己的工作变动，而且被我们昵称为 Moneypenny 小姐，她很开心在店里工作了这么久之后可以继续在店里干点别的。

我们的广告宣传活动持续了半年之久，又出了一期客户报纸，还筹划了第三期。我们告诉每一个人，不管他们愿不愿意听，其实大家没有必要一定要在亚马逊上买书。我们的销量再次提高，整整一年不断有更年轻的顾客光临书店，这些陌生的名字在过去几年里从来没有出现在我们的客户信息里面。

然后又开始了一年一度的圣诞季。我们的日销量稳步攀升，取货专柜日渐饱满。传真机不断地吐出网店的订单，我们办公秘书的工作量从每周三十个小时提高到四十个，还不包括加班。我们的取货专柜早就感觉不够用了。我们把办公室清理出来，反正很多东西都很久也没用到了。我们整理出一个新的取货专柜，是之前那个的三倍大小。在我们六十平方米的小店里大家都耐心地排着长队，有时候人太多了，我们自己都走不动了。我们有时候四个人站在柜台后面，问题是我们只有一个收银机，所有人都要同时输入、放钱和找零，神奇的是晚上还都能对得上账。开始的第一周我们觉得很有意思，大家都动员起来了，柜台后面的拥挤没有太大的影响，而且老是带来新的乐趣，顾客们也受到了感染。有一天店里实在是挤不动了，嘈杂声突然消失了，很诡异地安静下来：

"太不可思议了，看看发生了什么。"我朝安静的人群望过去，在最后面的儿童书柜旁边有一个声音说道："嗯，哈特利布太太，因为您整年都告诉我们不要在亚马逊上买书，现在我们都来您这里买书了。"

第二周我发现大家已经开始显得疲惫了，我仔细听自己不断地重复书的内容，中间又会反复冒出这个或那个故事，我可以在五秒钟之内记住顾客的名字。看到每天有那么多书在店里面转来转去，每天讲了那么多故事，每天包装了那么多礼物，简直是不可思议。我们的老顾客给我们带来了橘子、自家烤的圣诞饼干和许多巧克力，在内室我们还存了好多呢。我们的三个供应商每天都给我们送来成堆的书箱，楼梯间塞得满满当当，这让房东颇有些微词。我们试着尽快把书堆到办公室里，结果就是有时候人就被夹在包装桌和齐人高的书箱之间了。奥利弗负责接货。问题是他大部分工作都得晚上才能开始，因为只有晚上才能从取货专柜里找到点空隙把新书进行分类整理。他的夜班要工作到很晚，一般都得到凌晨一两点，几天之后甚至到了凌晨四点。圣诞节前一周是我的生日，好几年我都没有收到礼物了，也没有什么糕点或者共进晚餐。今年的这天早上，我丈夫端着一杯咖啡，拿着一根小蜡烛叫醒我："生日快乐，亲爱的。很抱歉你得起床收拾书店了，我实在干不动了。"我挣扎着从温暖的被窝里爬起来，我的丈夫立刻瘫倒进去，瞬间就睡着了，然后我带着我的这一大杯牛奶咖啡走下楼梯，来到书店，这就是我的生活空间。在售货区放着七个箱子，按照顾客名字的字母顺序排列着，取货专柜里空出的地方最多能放一半。两垛满满的箱子里是我们补订的书，我需要把它们清理走。现在刚六点半，我们九点开门，第一批顾客到时候就会涌进店里。我坐到书店后面的红色小长椅上，悄悄地哭了起来。我之前根本想象不到，我梦想中舒适的小书店现在变成了噩梦。一种无法脱身的感觉笼罩着我，我们该怎么办呢？我呼唤着神灵，但我的心里知道，我回不去了。就像爬山，我不能爬到一半然后说我不想走了，就停在这里算了。八点钟的时候来了两位同事，本来夏娃八点半才需要上班，但是她可能感觉到了早来点会更好。她把我抱在怀里说："嘿，我们能行的。"她让我出去遛遛狗，走上半个小时。我八点五十五分回来的时候一切都收拾整齐了，其余的东西都放到了办公室，楼梯间也清空了。还真行。顾客们开心地走进商店，我们心情愉悦地欢迎他们。我又回来了，到中午休息也才五个小时。

最后一周我们试着让所有的人都轮班休息一个小时，却没想到吃的东西该怎么办。换句话说，我们让好朋友给我们准备可以加热的饭菜。这样就可以在一个小时的休息时间里坐在餐桌旁边吃东西、放空、读书，或者愿意的话还有充足的时间到沙发上躺下小憩一会。有一天一位朋友带着大包小包的蔬菜给我们所有人煮汤。实习生的父母带了两个装满烤宽面条的食盒穿过书店来到厨房里，一份是有肉的，一份是素食的，还包括沙拉和饭后甜点。我们把秋天做的意面酱都解冻。在一年一度的出版社圣诞晚宴上我又碰到了"亚马逊预言记者"。她问我圣诞季的销售状况，我只好说："太好了，也很可怕，工作量太大了。你要负责！"我就是开个玩笑，但是很明显听起来太严肃了，因为她把手放到嘴上："天哪！我能做点什么？"

　　"给我们做吃的！"我这样回答她，三天之后她带着自己做的一大锅咖喱来到书店。代理商带来两种土豆红烧肉——带香肠和不带香肠的，因为我们中午休息的时候人手不太够，因此他就留下来帮我们在收银台忙活了一番。我丈夫一到十二点左右就让我赶紧睡觉，因为我整天都要在店里忙活，心情就必须保持好，而没有充足的睡眠根本没有好心情。我做梦都站在收银台旁边，死活算不出来要给女顾客找多少零钱，她买了48.80欧元的书，给了我一张50欧元的钞票。

一天要上十五个小时的班，不睡午觉肯定撑不下来，要是快到下午一点的时候有人告诉我不能休息了，我可能就会当着所有人的面泪奔。我在昏暗的卧室里用被子盖住脑袋，楼上施工的噪声很大，我必须带上耳塞。但是脑子里嗡嗡的回音却无法屏蔽掉。过了几秒钟我就睡着了，二十分钟之后闹铃响了，我搞不清楚现在到底几点了，需要待一会才能找回时间感觉，我得赶紧回去了，从安静的卧室回到喧闹的生活。我用凉水冲了冲脸，喝了一杯浓缩咖啡，又回到了店里，继续苦中作乐。有时候我们需要到内室从库房里取书，不知道从哪里就找到糖塞到嘴里。有一次被安娜逮个正着，我正在用剪刀剪开巧克力的包装自己享用，因为着急忙慌也找不到别的吃的。

我们晚上六点关门之后会调出一天的销售额，奥利弗从销售记录中可以发现让人激动的东西，那就是我们卖了多少本书，订了多少本，有多少顾客至少买了一本书。平安夜前的最后一周的销量都在五百本到七百本之间。这可是七百个人，我们的书店也就六十平方米，七百个人里面有六百九十个都很幽默、友好、和善，剩下的其他十个成为我们下班之后喝啤酒时的谈资。我们必须得这样，即使看起来不太公平。我们最高兴的就是我们的朋友——也是我们的顾客会在我们店里买所有的圣诞礼物，他们从来也不问是不是打折，而且还愿意给我们搭把手。例如有位女律师拿出一整天的时间来买圣诞礼物，看到我们很忙就主动帮助我们。我派她去银行换零钱，然后又让她到后面去把四十二本书用白色的包装纸包起来，然后缠上丝带。这本来是我晚上工作的内容：一位放射科医生订的书，给他女同事们的圣诞礼物。直到内室的箱子都腾出来我才发现我们的助手有可能认识这位医生，她和丈夫包括医生都在同一家医院工作。

还有一位研究机构的新闻发言人在快六点的时候来拿书，这样就可以跟我一起喝着红酒晚上收拾书店。

有一位神经科学家喜欢刚过六点的时候来，温柔地敲着店门，我们都认识他，一般都会给他开门。他是我们最早的顾客之一，当时我们还不认识太多人，我还能想起来有一个周六的上午，他和气地带着一袋子 Trześ niewski 小面包来到店里，然后让还在等待开门的顾客把面包递给我们，他当时说这是"文化振兴"。这天已经到了十二月十七日，我已经连续工作了九个小时，感觉自己已经介绍了一万本小说，就想简单收拾一下然后照例拿起一杯红酒看看电视。我一句话也不想说了，哪怕跟这位健谈的医生。当然我们让他进来了。我们帮他选择圣诞礼物，帮他用包装纸包起来。然后他问道："你们现在干吗？"

"我们现在要把白天送来的货拆包。"

"但你们得先吃点东西！"

"是啊，我们弄个面包吃，然后继续工作。"

"这样可不行"，他嘟囔着从包里拿出手机叫来一辆出租车。十分钟之后我们已经坐在市政厅后面的一家舒适的弗留利餐厅里了，医生一看就是店里的常客，尽管圣诞节生意繁忙，还是找到一张桌子。我们点了矿泉水、红酒和玉米粥片以及奶酪土豆饼，饭后甜点是牛奶果冻。大约过了一个小时，我们的小小假期过去了，医生买完单之后又叫了出租车，过了一小会我就和奥利弗回到了我们的打包桌前面，把打开包的口袋书按照字母顺序放到书架里。

还有很多非常友善的邻居，他们晚上给我们的孩子做饭，周六上午陪我们的狗狗到森林里散步。我女儿的老师看到十二月份孩子的家长通知本上的消息下面没有签字，也睁一只眼闭一只眼。邻居们请我们吃晚饭，而且也不需要我们说什么话。我儿子毫无怨言地承担起邮递员的工作，有时候我们因为太忙了，给他的地址都不对。我们的女儿也没有抱怨房子变成了货舱，她经常自己一个人吃早饭，因为她起床的时候爸爸正好上床睡觉，而妈妈已经在工作了，而且她的学习成绩特别好，尽管我们从来没问过她有没有好好写作业。所有人都是我们那段神奇又可怕的时间里的一部分，每年我们都会度过这样一段时间，不过每年到了二月份我们似乎就忘了十二月最后一周的时候大家有多疲惫。

要是没有这样的时间，也就不会有我们的书店，因为我们的收入主要就靠十二月的销售季。奥利弗给我算了一笔账让我感到印象深刻：前十一个月我们的收入主要用于支付房租、采购、工资、保险、电子数据处理和社保，而我们十二月份挣的才是我们最后的收入。这样看起来，我们店里的七百位顾客就不算什么了。就是十二月份的时候想休息一天，哪怕半天也好。

24

我们在书店里的很多事都跟卖书没有关系。

"您知道吗，对面的日托幼儿园还有没有空？"

"您听说没有，根茨巷里幼儿园的情况有没有好转？"

"您能帮我介绍一位清洁工、一位钢琴老师、一位母语是英语的人吗？"

"我父亲今天从施蒂利亚州过来，我能把钥匙留在您这里吗？"

有很多老人家自己花钱过来就为了跟我们聊聊天。九十七岁的 F 女士就经常带着她曾孙的书单来店里，每个孩子的年龄都写在后面的括号里，我们就给每个孩子找一本书。我发现莫里茨是个很酷的小男孩，他对体育感兴趣，易卜拉欣来自印度，德语说得还不好，小玛丽对跟小马有关的书情有独钟。

有时候孩子们自己到店里来，例如小费迪南德，他在家里玩交通地毯游戏，火柴盒汽车和 Playmobil[①] 的小人偶《去哈特利布家买东西》。一位二年级的孩子因为电车故障从我们店里给他妈妈打电话。大多数孩子表达都很清楚，能告诉我们他们想要什么，他们都会说："我妈妈告诉我，要读正确的书，但是我更喜欢看《小屁孩日记》。"有位十一岁的小姑娘跑到我同事面前问道："您能给我推荐一本书吗？要一本有趣的书。"我们就问她到底喜欢读什么书，她咧着嘴笑着说："什么都不喜欢。"

有一位为人很好的女顾客，她在我们这里买了一本书，过了三天又给我带了过来，因为她觉得这本书特别好；还有一对夫妻从我们店里买了一本别致的烹饪书，就为了过一周请我们去吃饭。所有的一切是支持我们每天打开店门，给顾客推荐书的动力，也让我们能忍受少数几个不太友好、脾气暴躁和傲慢的顾客。他们根本不理睬你的招呼；认为我们的包装纸"太丑了"；听说我们店里没有存一本四年前出的关于哈布斯堡的书，而且第二天才能拿到之后很失望。那些口

---

① 德国著名玩具品牌。

称"你们居然还有客人"的人，他们可不管我们在他们进门的时候是不是跟他们打招呼，而且我们可能记不住他们三天前订的书到了没有，他们对此非常不理解。还有人只关心折扣，他们其实一年根本买不了超过两本书。还有的顾客我们称之为"主治医师型"，他们觉得我给他们推荐的书比我的一位同事推荐的书要更有价值，其实她们对自己负责的部门比我更了解。不得不说的是那些没有完全放松的顾客，他们听说我们店里没有《治愈密码》感觉差点要自杀。这一切我们都能忍受，因为我们知道我们很好，我们还知道大部分顾客也都这么认为。顾客光顾我们不是因为我们需要支持，就像动物园里濒临灭绝的猴类动物，而是因为他们喜欢我们，在我们这里可以获得乐趣，我们所有的同事也会告诉顾客"已经购买此商品的顾客还对……感兴趣"，就是要比在亚马逊上的做法更有人性魅力。

还有的顾客把我们当作家人一样看待，圣诞节的时候给我们带来了饼干、巧克力和葡萄糖，而且从周六的市场上给我们买花或者水果。两个小姑娘的年轻妈妈在炎热的七月下午给我们拿来冰淇淋。

还有一位男士，我不知道他的名字，在二月的一个寒冷的夜晚，他帮我把书店的遮阳篷从雪堆里收起来。当时天已经很晚了，我喝了很多酒，从斯卓腾托尔回家的时候因为下大雪错过了最后一班电车。邀请我的是一个汉堡的小出版社，客人都是书商和记者，不是负责卖书的就是负责评论的。这样的夜晚让人感觉自己年轻、聪明、成功而且不可抗拒。我们谈得太开心了，因为环境非常美，而且服务生整晚都很殷勤地给我倒酒。

出来以后在夜晚寒冷的空气里，我不再是那个聪明而成功的我，而是喝得烂醉如泥。好在我还认得路，斯卓腾托尔车站比白天看起来更丑。40/41 路车：停运。下一班车：5：31，还有好几个小时呢。

天气非常冷，我走上维凌格大街狭窄的楼梯，寒风呼啸着从我身上掠过。

我就一直向北走，一直走到出城。我不知道这条路到底多长，我说得有两公里，我走了一段之后坐上了一辆出租车。我看了一眼我的手提包，钱包在里面，但是里面只有一张一百欧元的钞票。根本找不开！我没法坐出租车了，只能硬着头皮走回去！我要是给出租车司机百元大钞他会骗我。肯定是。我就知道会这样。我的计算能力差众所周知，就算我清醒的时候也数不过来零钱，更别说喝了几杯酒。

两公里不算远，走到人民剧院的时候我基本已经清醒了，前面就是我们的书店！

本来我应该早就习惯了，这样的事已经有好几年了，但还是不停地发生，每次我看到白色遮阳篷上写的我的名字都会屏住呼吸。我的书店，当然是我们的书店，但写的是我的名字，也是我们俩的姓，是我一直以来的姓，而我丈夫出于对我的爱，十三年前接受了我的姓。这也是我父母、姐妹和孩子们的姓。不过按理说我不可能看到字迹的，遮阳篷应该已经收起来了。晚上六点关门的时候我在，可能是我忘了把遮阳篷收起来。上面至少覆盖了二十厘米厚的雪，而且好像已经把篷子压弯了。现在可是凌晨两点，我已经完全恢复清醒——起码我自己这么觉得。我打开书店，拿着扫帚摇晃或者从底下敲打，试着把雪从篷面上抖落下去。这样做倒是可以，不过很慢。

"晚上好，需要我们帮您吗？"

"噢，您好，这么晚了还没回家？"

从出租车上下来一位男士，他很像我们的一位典型的周六顾客：在市场上漫步，然后买报纸，包括德语书评，然后开个小差来到书店里买些新出的文学作品。穿得很讲究，也非常客气，喜欢现金支付。

"是啊，我刚开完一场漫长的监事会会议。您还有其他伙伴一起吗？"

他把公文包放到地上，从我手中拿过扫帚，穿着皮鞋，小心地把雪从遮阳篷上抖落掉。我们两个人默默地工作了至少二十分钟，中间他摔了一跤，我们两人都感觉夹克里装了五公斤雪，他穿着得体的冬大衣，上面绣满了花纹，而我穿着我的旧棉袄。然后我把遮阳篷卷下来，他替我留意是不是都折起来了，然后说了句"晚安"就消失了。这就是我们的顾客，起码是大多数。

25

　　有时候收朋友的钱有点难，虽然他们来买书的时候可以额外送点东西，但书是要花钱的，因为最后都是我们来付钱。有时候感觉会比较奇特，总而言之，朋友和顾客混在一起是不太好处理的，不过确实是会发生的。大多数一开始是顾客，他们经常过来，我们可以一起聊聊书和里面的内容，也谈谈要送礼物的朋友，说说自己的孩子，其中一个根本不爱读书，而另一个就喜欢看大部头的书。有时候听说谁谁母亲去世了，或者谁谁丈夫半路仙去。这倒不是我们好奇，就是我们聊书的时候不自觉地谈论起来。本来书商应该秉承保密原则，因为有时候对书的选择会透露个人隐私，不应该再跟别人讲。有些人也不会觉得不舒服，而且很享受别人对我们的尊重。例如有一位年轻的女士，在喧闹的书店里大声清晰地说我找到了《完美的性高潮》。同事问她"您想现在要还是我给您订书"？她也丝毫没有脸红，也没有拒绝，说马上就要。

还有一位地区政客让他的秘书来取《跟奥巴马一样去演讲》。我憋着笑把书款输入收银机，收了钱然后把书递给她，然后实在憋不住了，跑到里屋里大笑起来。

还有的顾客定期会买很多书，我也知道他们不是什么大富大贵之人，他们书柜里的书也肯定已经快要溢出来了。所以必须懂得拒绝他们的买书要求，至少稍微犹豫一下，就像一位称职的服务生，他会估计到顾客什么时候会吃饱，然后不能再上菜了。"现在你先看完床头柜上的书，然后你再来。"

有时候也会有之前的朋友过来，给我们来个惊喜，然后顺便买点书。我们当然也很高兴地跟朋友说——这样的情况不太常见："一共 56.50 欧元，你要袋子吗？"

有些来"看"我的朋友忘了这也是我工作的地方。他们进门的时候大声地叫着"呼呼"，而且很吃惊地发现我听起来好像没有注意到我们最新的关系发展程度。有一天一位前男友的母亲来看我，我已经有十一年没有见过她了，她饱含热泪地站在第欧根尼旋转柱后面跟我说："时间过得好快，我就想看看你。"这时候我希望自己是老师或者联邦总统或者行政官员，这样就不会有人突然闯到自己的工作单位了。

我和柏林的记者朋友抱着玩的心态开始写的那本犯罪小说经过长期的艰苦工作基本要完成了。我都不知道我什么时候写的。夜里和晚上，周末，度假途中，每次坐火车时候……现在草稿已经有三百页了。我们找了一个周末坐在一起把书一页一页地通读一遍，把连接错误改过来，然后写上新内容。现在该怎么办呢？其实我们有两种选择，要么纯粹就是为了练练手指，是一种有趣的经历，我们把东西放到抽屉里锁起来。要么写个提纲草案然后联系一家出版社。我决定采取后者，柏林的记者朋友提醒我说："我可不能写上我自己的名字！我自己就是文学评论家，所有人都认识我，我可不能让自己成为笑柄。"我就是一个和丈夫合开书店的小人物，没什么好怕的，所以我就去联系出版社。我给几个朋友打电话，然后请他们看看书稿，我把前三章以及提纲草案一起寄给几家出版社，后来也没再打电话，也没有发邮件催。我没有时间。就是在法兰克福书展上碰到那家出版社，我问了一下他们收到书稿没有，以所谓不请自来的手稿的形式转交给一位不愿透露姓名的编辑。

我很久之前认识的一位出版人给我打电话说，他虽然觉得写得还不错，但是有点让人气恼。"你知道吗，写的东西有些陈词滥调，你得再改改。"好吧，所以我们要找的出版社一定要配一位好编辑，但说我写的是陈词滥调？"呃，亲爱的，这是一本犯罪小说。讲的是德国和奥地利之间发生的老掉牙的故事。很明显。"我可以接受批评，我知道我们可能会犯一些犯罪学上的错误，但是老套一点也不是坏事啊。"你读过唐娜·莱昂的书《威尼斯往事》吗？听起来怎么样？现在不也是挺成功的吗？好吧，对我来说这就够了。"

维也纳是重要的文化城市，因此我们也要有自己的书展。不是什么展销，而是真正的书展，就放在会展中心，里面有出版社展柜和一家大书店，展览的书可以马上出售。当然，我们不会错过的好机会就是和其他书店一起在四天的时间里面合力打造一家巨大的展会书店。我坐在大厅脏兮兮的地板上的三个托盘中间，给每本书找到对应的价签，这时候我的手机响了：未知号码，一个之前没见过的区号。

"您好，我是 S。我想跟您谈谈您的书稿。"

"噢？"

"好吧，我现在不想说，就想告诉您我们要做这本书。"

"很有意思，您是哪位？"

"我是第欧根尼出版社。您听过吗？我是业务经理。"

我站起身来小心地看看四周。我确定，过一会我可爱的同事就会拿着手机笑着从角落里过来，就好像偷拍一样，希望没有摄像头。电话那头的声音继续欢快地聊着，给我讲什么订金和合同，现在就需要定下来。他确实有点瑞士口音，听起来是真的。我们谈完之后，我赶紧坐下。我必须给柏林的朋友打电话，但是我得先让自己喘口气。

"第欧根尼出版社刚才给我打电话了！他们要出版我们俩的书！"

"别逗我开心了。"这就是来自柏林的评价，我终于知道为什么我会跟他一起写书了。

订金转到了我的账户上，女编辑把文稿都重新处理了一遍，然后我们就飞到苏黎世去了。跟编辑面谈！我和过去几年其他的第欧根尼出版社作家住在同一家酒店里，在前台的时候罗里奥特就开始搞笑了，也许安东尼·麦卡滕就在同一个洗手盆里刷过牙。我给这位老出版人打电话，他夸赞了我们写的东西，这让我非常受触动。我知道我就是一个卖书的！书商，在柜台上卖过第欧根尼出版社不计其数的书。现在我也变成了出版社的作家。

过了漫长的三个季度才看到书出版。这三个季度里面每一天早上我都在淋雨的时候想到：嘿，你写书了，起码写了一半，还被一家知名出版社出版了。

就在我们的圣诞季中间寄来了一箱子宣传册和春节销售的样书。我们的书也在里面。宣传册里有两页介绍，当时有一位陌生的女士看了我一眼，有我的照片和我第一本书。我又一次感觉到奥地利是个小国家，说起来大家都认识。在几乎所有的媒体上都能看到关于《维也纳—柏林奇案》的报道，关于我们作家二人组，相隔几千公里，关于书商，自己还能写书。图书行业的同事们不约而同地将这本口袋书放到新书专柜或者橱窗的最显眼位置。我们的老顾客都买了，不管他们喜不喜欢读犯罪小说，不断有顾客来到店里问我们的书，因为我们是在"自己的公司"里面写的。

我觉得我参与了图书产业链的每一个环节，这一点很有趣：写书——进货——拆包——整理——收银——签名——包装礼物。这就够了。

一位女士在犯罪小说书柜前面踌躇了很久，然后拿了三本书来到收银台。她指着我的那本书问我："这本好吗？"

"那当然了。"

"嗯，这是本好书，对吧？"她听起来有点不高兴，很明显有人告诉她我们的咨询工作做得很好，所以她希望我能多给点意见。

"好吧，书是我写的，我不能说书不好吧。"

"什么，您写的书？！"

我指着名字给她看，她不可思议地摇着头。

另一位顾客拿了一堆书来结账。其中至少有三本我们的书。"我需要给您签字吗？"我不由自主地问他。

"您想签什么？"

天哪，太糗了！我听到同事在一旁窃喜，我感到很羞愧。

"请您原谅，这本书是我写的，大多数顾客都希望能得到我的签名。不过这不是问题，请您就当没发生过！"

"您写的是什么？"

"就是那本书，我还以为您知道呢，因为您拿了三本。"

"哪里，我就是觉得这本书看起来很酷，我有很多德国朋友，我就想当礼物送给他们。"从此之后我再也没有主动给别人签过字，再也不会了。

慢慢地我就习惯了，我出第三本书的时候不像第一本那么激动了。顾客也渐渐习惯了，但每当我得知他们非常期待侦探二人组的下一个案子时我还是很高兴。夏天我清理橱窗的时候一位老先生停下脚步问我："你们老板的新书什么时候出版？"

"我也不知道，可能是八月底吧。"

在书展上现在不再有人问我是不是以"私人身份"参加了，因为我现在也是作家了，作家来参加书展再正常不过。但即使是作家参加这样的书展，要想不感到失落除非是保罗·奥斯特① 或者阿诺德·施瓦辛格。对于作家来说参加书展要是没有安排许多采访和读书会，那完全没什么意义。

----

① 保罗·奥斯特（Paul Auster），1947 年出生于美国新泽西州，集小说家、诗人、剧作家、译者、电影导演等多重身份于一身，被视为是美国当代最勇于创新的小说家之一。

而作为一个写口袋书系列犯罪小说的作家，根本不会有这样的机会；大家要么忙着给出版社递书稿，或者责任编辑根本没时间聊你还没写完的东西。所以我继续以书商的"私人身份"参加书展，至少我还是国际知名的畅销书作家呢。这样做的好处就是我可以和我丈夫安静地吃早餐，也不需要在展厅之间穿梭。

我们一如既往地热爱书展，我们俩一起去参加，然后出席同样的派对，很高兴和我们认识的老熟人碰个头。这是我们俩共同的世界，至于我们为什么要做这些事情，我们经常会感觉到没法解释。有人也会问我们，在一起工作会不会很难？其实一点也不难，就是难我们也不会承认，因为我们是奥地利图书零售业的最佳伴侣，而且我们在一起的时候大多数也比较和谐。

在我们俩的企业帝国里，要是我当外交部长的话，奥利弗就是内政部长，另外还负责财政和基建，具体来说就是换灯泡和墨盒，冬天铲铲雪。有几天的时间他跟外面唯一的联系就是我们的税务顾问，在过去十年里他按照自己的方式和税务顾问成为朋友。有时候也可能出现我们在书店里忙得要死，我和同事们在顾客和不断响起的电话之间奔波，然后我来到楼上发现我的丈夫坐在写字台前盯着显示器，听着无限循环的有声读物，播放的是托马斯·曼的书。他过得太滋润了。我们忙得屁颠屁颠的，而他却过得那么惬意。当然我不愿意跟他换，我们这样的分工不是偶然的，每个人都做自己擅长的事。我善于交流，却不精于计算，而他善于分析却不善交流。我话很多，而他话很少，要是说起书、会面、销售量我可以滔滔不绝，而他可能只会从双唇间蹦出一句"还可以"。而且我们的员工也慢慢习惯了第一次见到他的时候他不会说"早上好"，而他白天会给大家不断地煮咖啡（加奶昔），员工开会的时候他会买啤酒，而且还会煮上一锅素豆汤。当然我们很多时候没有提前说好，我们的员工就采取跟我们青春期的女儿一样的策略："我周一能休息吗？"

"问奥利弗。"

"他说让我问你。"

有一次我向夏娃抱怨我丈夫一个小时之前让她干的事，她瞪着大眼睛看着我："你们要离婚吗？我们也要参与意见吗？"

当然不会有这样的问题，因为书店始终是我们两个人的。我有时候会想我丈夫遇到了中年危机，和一个女顾客有一腿？不是；女雇员？不是；女同事或者代理商？也不是。要是真发生了书店也就成为历史了。我们一起开创的事业，也会从一而终，而且很有可能比我们原来想象的时间要更久，因为我们的养老金也不会太高。我们要在这里一起慢慢变老，在我们的书店里养老比去别的地方好多了。就是我们可能爬不动梯子了，我们在圣诞季的时候每周都要工作六十个小时，可没少爬梯子，要是到了八十岁可就没那么好玩了。

26

在第九区有一家非常漂亮的书店，过去几年里换了很多个老板，每次我们散步或者坐电车路过的时候都会看到一个样子：大橱窗，木地板，直入顶棚的书架，书不多，光线也不好，也没人收拾。

"我们不会再想开一家书店了对吧？"

"不，我们不能再开了。"

"我也不想要，但是这家很漂亮，而且离斯特鲁德霍夫阶梯很近。"哎，有戏了。我丈夫发现可以每天爬爬斯特鲁德霍夫阶梯，上班的时间也不耽误。

这家书店真的很漂亮，唯一的问题就是：看起来没人想买，我们既没有钱也没有时间，它也有点太大了。

春天的时候，在一个下着雨的周日下午，奥利弗想到一个主意，去找个中间人问问现在的店主想不想转手。我蒂罗尔州的小叔子可以担当大任，他是经济咨询师，而且他的姓跟我们不一样，所以没有人知道是我们要买，随便问问也没啥损失。我们打电话之后小叔子觉得很有意思，我们就商量好下周给他现在老板的姓名和通信地址，然后给他写封信。

三天之后，在我们书店举行的一次读书会上来了一位出版社代理商朋友。正式活动结束之后他故弄玄虚地朝我摆摆手："你想不想再开一家书店？"

"不想，为什么要这么问？"

"第九区的那家书店，就是很漂亮的那个，现在要卖。"

好吧，我们索性直接自己动手。我们给老板打电话解释说这家书店相比较他的管理方式更符合我们公司的经营理念。对，可啥叫我们公司的经营理念？狭小的空间里堆满了书，许多员工都在积极地卖每一本书。而他的理念正好相反，他那里的书不多，而且只有一位员工。很可能他能挣钱，但这样做不是哪里都能行得通。书店里一定要满满当当：摆满书，充满顾客，员工也精神抖擞。虽然可能挣钱少一点，但是这样多好，而且能获得最多的乐趣！

我们很快就决定下来了，但是买下书店唯一的条件就是：

我们的建筑师朋友罗伯特必须拿出时间给我们进行改造。他看一眼就知道了，他当然会抽出时间过来，帮我们出主意，而且找到合适的工人。这一次奥利弗自己一个人去的银行，对我们来说那段时间里贷款变成了常态。一个周二上午九点我们拿到了钥匙，九点半工人们就到位了，木匠是施蒂利亚州人，锁匠来自克恩顿州，石膏板工人和电工分别来自前南斯拉夫和维也纳。原来的老板搬走最后的灯和家具的时候，我们已经把顶棚拆了下来，让电工开始布线了。

因为我们可以把这些粗活完全托付给罗伯特，我们俩就可以拿出时间来设计一下书店。现在这个书店是原来那个的两倍大——我们要卖些什么、怎么卖、谁来负责呢？我们需要多少人？从哪里招人？

我们有一位很和善的同事叫西尔维娅，她来自意大利，我们对她了解得不是很多，就知道她喜欢参加派对，应邀参加书商晚餐，我们就是从那里认识的。一年之前她给我们讲了她的人生理想：她想在维也纳开一家意大利书店，和一位女性朋友合伙开。她们两个人看了几个地方，然后粗略地算了算账，但是具体该怎么入手，她还不知道呢。

我们给她打了一个电话就搞定了。我们提到非常有吸引力的字眼"新书店""意大利专柜""全职"，她立刻就答应了。

我想到一位朋友，我们已经认识很久了，他涉猎面很广，在维也纳基本上类似于举办文学活动。他很幽默，有点工作狂，他太太很安静，也是书商。自从她上一家书店关门之后就没什么工作，因为她已经五十多岁了，"不好找工作"。她也答应了。

在新书店不远处有一家法国书店，开了几十年了，现在有人告诉我他们关门了。

书店就在德维埃纳公立（法语）中学旁边，隐藏在一栋副楼里，也是学校的一部分，我之前从来没去过。我们和老书商见了一面，他胡子花白，眼神疲惫地坐在已经空空荡荡的书店里，抽着法国烟 Gauloises，喝黑咖啡。他看起来好像是萨特和加缪的学生，也许他真的是。书店所在的这栋建筑物进行了改造，他必须得搬走，而且他也到了退休年龄。我们的新书店立刻就成为附近离法国学校最近的书店了，法国和意大利搭配在一起还真不错。我们从书店的存货里面买了几箱子书，它们闻起来有烟草的味道，都是清一色的哲学书。老人家给我们讲起法语图书市场的困境时滔滔不绝，他说学校的学生都很不靠谱，法国客户都很刁蛮，我们不可能从法国进口到书。换句话说就是不如和德国人交流起来这么简单，谈点事很费劲，交货周期太长，运费和手续费都太高。这些事对我们来说更像是一种鼓励，我们很快决定在意大利语专柜旁边设立法语专柜。

巧合的是西尔维娅的一位朋友也是书商，她大学学的是罗曼语，法语说得特别好。可惜的是现在她在一家小书店里工作，据说她在那里过得还不错，另外她刚好在度假，这样我们就没法说服她从秋天开始来我们店里工作了，尤其是我们绝对是最好的老板。西尔维娅给她发邮件，等她回来以后这位会说法语的书商就来到了我们的厨桌旁。我们给她提供了一份工作。她不太感冒，不想立刻就做决定，所以需要点时间考虑一下。这个周末就过得有点揪心了，一家书店要是想正儿八经地弄一个法语专柜，就得找到会说法语的员工，这样的人可不像沙滩上的沙子一样随处可见，我们没有第二套方案。过了两天她给我们打电话，接受了我们的提议。

早些时候有一位法国女士曾经来我们这里应聘，她是土生土长的法国人。我对她还有点印象，我翻开厚厚的求职文件夹找她的资料。她的材料当时让人印象深刻——法国名字，照片很酷，一位休产假的空姐，她想从事图书业。我给她打电话让她过来谈谈，她人很好，而且发音非常棒。

我们问她要是来工作她的孩子该怎么办，她的回答非常简洁："嘿，这不是问题。我可是法国人。"过了十分钟我们就把她留下了。虽然她没做过书商，但她是法国人，剩下的慢慢学吧。

我们的队伍开始全面发展。工人们如火如荼工作的时候，我们把法语和意大利语的书目整理出来，两个母语是法语和意大利语的同事打了无数通电话，想整明白该怎么从法国和意大利进书。要我说不会太难，毕竟我们都是欧盟成员国。要说还真不是太简单，因为需要时间长，花费也高。从法国到奥地利需要两到三周，要是选择快递的话运费和手续费都比书的价值还要高。但所有人都很尽心，我们订到了最新出版的书和再版的畅销书，当我手里拿到意大利语版的《饥饿的小毛毛虫》和《苹果树上的外婆》的时候，我内心对我们的国际书店充满了骄傲。《小火龙》现在的名字是《小椰子》，丹尼尔·格拉陶尔写了一篇小说，名字很响亮，叫《北风呼啸的时候》。

我们的顾客如约而至：第一批确实是说法语的，我试着用法语"您好"、"谢谢"和"你想要个袋子吗？"跟他们交流，我很高兴我的法语老师没在身边。

另外，意大利裔奥地利人也很喜欢我们的书店，因为这里不仅有意大利语的书，还有西尔维娅，他们对自己说的每一个意大利语单词都感到高兴。否则在维也纳还有什么机会能在成人大专学完意大利语之后找到用武之地呢？除了冰淇淋店就是我们书店了。

我能听懂几句布罗肯方言，毕竟我小时候的暑假是在比比翁度过的。奥利弗小时候在阿尔高的农场过暑假，所以他就不会。他问要是有人打电话他听不懂该怎么告诉别人，"意大利语：'我们的意大利同事明天就来了'怎么说？"

"这太简单了！Silvia domani！"她打哑谜一样把电话听筒搭到电话线上告诉他这句话什么意思。

我每周来新书店里工作一次，对我来说有点像度假。首先，我们四个同事已经习惯了没有我的存在照样做得很好，也就是说，他们喜欢我来，而且我即使带着狗狗嘉希一起来，和朋友聊聊天，去吃午饭也没什么问题。另外店里大家都说外语，也有点度假的感觉：我们的法国同事用机关枪一样的语速向顾客介绍她最喜欢的图画书；西尔维娅给布雷西亚打电话询问订单的时候声音特别大，书本来早该到了；公立中学的学生咕哝着普里萨夫人让他们必须读的那本书的书名。

27

　　新开的书店让我们不得不继续提高电子数据处理能力，这样找什么东西都一目了然。一台带 CD 光驱的笔记本播放着每月新出的到店书目录，可以上网检索然后下订单。过了不久我们又添了第二台笔记本，不过有一天店里人太多了，电脑被偷走了，很简单地把线拔掉拿走了。

　　后来我们弄了一个机房，一共十一台电脑，可以把所有的东西都连在一起，不管人在哪儿。在两个店里、家里，或者在度假屋里，我都可以随时随地地调用信息。有一个所谓的通道，加上了复杂的密码，打开通道之后我可以获取所有信息。当然是在理想情况下，很难保证都是理想情况。我们建立的这样一套网络需要有人来维护，因为我和奥利弗就只会开关，当然还会拔拔插座或者重启一下。

因此马克斯在我们这里工作了很多年，现在除了马克斯还有马克斯－彼得。马克斯是我们医生朋友的邻居，因为他们在拥有夏夫山的房子之前在多瑙河畔的一栋大型公寓里有一套房子，他们是在那里认识的。这家的男主人马克斯懂电脑，而且非常专业。他话不多，说的也一般是我听不太懂的专业词汇，如 HSDPA，Switch，CPU 等。本来他在一家大银行里负责维护电脑系统，但他对在我们这样一家小公司里摆弄我们越来越复杂的电脑系统更感兴趣。每次他告诉我们为什么要增添新设备的时候双目都会炯炯有神，他会告诉我们买点这或者买点那太有意义了，"工欲善其事，必先利其器。"我们一旦给他开了绿灯，他就会查遍奥地利的所有报价，然后比较一下产品，然后给我们算算买哪个最合算。有时候他恰好从家里倒腾出点东西来给我们做新东西。要是出了什么问题，我们就给他打电话，他总是第一时间赶到，轻声地跟我们聊聊，尽快找出问题在哪里。不过有时候并不那么容易解决，因为我大多数时候都说不太清楚，只能告诉他"夏娃把网络连接弄断了"或者"显示器看起来有点奇怪"。我考虑他有可能在他原来工作的大银行里的办公桌下面安了一个夹层，他就在那里处理我们这里的数据。有点像电影《傻

《僵人生》里的七楼半，那里有一个外人不知道的平行世界。他想让我通过某种方式进入系统，对他来说就好像扶着盲人穿过百老汇一样，中间不断地要求他打开左边的门，或者让他读出霓虹灯箱上的每一句话。有时候他也觉得问题太简单，就通过远程控制登录我们的系统，就好像施了魔法一样迅速把窗口打开之后又关上。

我们的数据越来越多，面临的压力也越来越大，我们迎来了第二个马克斯。第一个马克斯称它为马克斯－彼得。他比第一位马克斯懂得还要多，尽管我到现在都没注意到竟然有第一个马克斯不会的东西。

第二位马克斯的话比第一位还要少。一般他们俩很聊得来，我们就只能听个皮毛。他们俩经常晚上很晚的时候在店里碰头，然后等解决了所有的问题之后再离开。有时候等他们关机的时候已经是凌晨两点了。但是谁也不能保证第二天再开机的时候一点问题都没有了。幸运的是两位马克斯随叫随到——我永远不会把他们俩的电话号码告诉别人。

即使我们的书店看起来有点像我们胡乱往书架里塞了成千上万本书，其实我们是经过深思熟虑设计的。哪些书必须备足货不是偶然性的，而是我们巧妙计划的一部分。现在我们有了第二家书店，我们应该充分发挥两家店的协同效应。也就是说：要是一家书店某种存货太多，而另一家相应的存货太少，我们就可以内部调整一下，而不是在另一家店里重新订货，而在第一家退货。因此我们需要一个货物管理系统，尽量让所有的东西都能自动化。我们很清楚地能查到库存，能自动写提货单并发表，并且能让圣诞季进货程序大大简化。我们已经买了这样一个系统，它是一家德国公司非常棒的新产品，可以让书商的生活变得更加轻松。唯一的缺点就是系统太新了，而且我们的第一批顾客都在奥地利，所以一切并没有我们想象中那么顺利，可能程序设计师自己也没有想到。我们也有一个客户顾问，她对程序非常熟悉，就是有时候要是我们不能马上理解她的话，她会有点急躁和严厉。她在我们这里待了三天，总是紧跟在我们后面，有时候我们都有点害怕，要是输入错了她就会拍一下我们的手指。

她离开的时候留下了数不清的疑问和没有解决的问题。有时候我们联系不上她，当然是因为她还有其他顾客，他们买完之后肯定也有很多问题。但有时候我怀疑她要是看到奥地利区号根本就不接。因为我们的系统还在运行，所有人都有点害怕。因为有时候经常会反复出现很不常见的问题：有些专题本来运行得好好的，突然就消失了。有些步骤本来我们掌握得很好，也挺明白，不知道为啥突然又不对了。

顾问不在的时候我们就拨打热线，电话号码我们背得滚瓜烂熟，我们耐心地给不断变更的同事讲解相同的问题。

员工们都非常期待，我们还需要多久才能使这个新系统真的让工作变轻松？因为除了所有的"儿童疾病"，我们还发现我们的网速太慢了，没法满足复杂系统的需要。要是每一次订书的时候都要等很久页面才能打开，几乎每个客人都能给我们讲讲他的人生经历，那就太没意思了。两位马克斯给我们推荐了另一家网络服务商，他们那里的下载速度是现在的六十倍。上传速度也有一个"平值"，我实在搞不清楚这是什么意思。

每年我带女儿去滑雪的时候，奥利弗一般会去葡萄酒区的小屋，可以从圣诞季的忙碌、员工和家庭中摆脱出来放松一下。我们今年不能这样做了。我们俩不能同时离开，把所有的事都留给员工。另外还有我们的货物管理系统，还有很多问题，还有我们的施工现场。我们决定：我先去度假，然后他再去，这样我们始终有一个人在，而且短暂地分开一下也不是坏事，因为我们的神经都绷得太紧了。

在滑雪小屋里手机信号不太好，我们老得打电话联系。我们的电话老是掉线，我只能零星地听懂一点——因特网、死机、更换服务商、收银机不好用，我索性把一切都抛到脑后，然后在自助小屋里和五十个人享受轻松的假期。你说我们每天要削二十公斤土豆，谁需要上网呢。我整整一周都穿着同一条跑步裤晃来晃去，不需要跟任何人谈起我们的图书生意和书店，然后像在流水线上一样织帽子。这样的生活太美好了。

我周五晚上回来了，我们就在弗朗茨·约瑟夫火车站的麦当劳交接工作。交代得倒是非常清楚，就是一点也不浪漫。在奥利弗隐入一个人的世界之前，他跟我说了一下现在的问题和正在采取的解决措施，不过还没搞定。

周六早上九点，我又回来了。我的心思还徜徉在一千六百米高的山间小屋里，而我的人已经站在店里，开始用全新的程序接待第一批顾客。而且现在的问题不光是慢，而且已经慢到每处理到第三个进程程序就自动退出了。每天都重复出现这样的问题，唯一有变化的是错误报告，超时、页面不能被加载、程序不响应……

我们每天都要写很多小字条，我们可以利用程序顺利运营的短暂时间内处理事务。我们在过去三周不得不对客人说：
"对不起，可能要稍微久一点，我们这里的数据处理有点问题。"客人们颇有些微词。

周末的时候我能享受一下一个人的生活，洗洗滑雪时攒下的脏衣服，带着狗悠闲地散散步，把电脑出的问题抛到脑后。也可能过完周末问题就都自动解决了呢！

当然，问题是不会自动解决的。我周一一天打了很多电话：UPC 客服、货物管理系统服务热线、两位马克斯，打了这个打那个。我尽量不去打扰我丈夫，他得好好休息一周。三方都众口一词地说问题不是出在他们这里，上网没问题，货物管理系统没问题，内网也没问题。过了一天之后他们都不再自信了，然后接二连三地通过远程控制登录我们的电脑，亲眼看到确实没法用了。

一位员工想休几天假，她说工作太紧张了，我就同意了。第一个安排是在周三：八点半的时候菲舍尔出版社的代理人就来了。我给孩子准备好今天的早餐和学校课间休息吃的面包，七点一刻我冒着倾盆大雨在昏暗中出去遛狗。一个小时之后我满身泥泞回到书店，代理人已经到了。我赶紧收拾了一下自己身上的污渍，请他进到屋里来，然后赶紧去打开电脑和收银台，可他们死活就是开不了机。显示屏上出现了很奇怪的东西，我又给热线打电话，但那边得到九点才有人。好吧，我们九点就开门了，一般那时候就有顾客等在门口了。剩下的二十分钟我努力让自己专心考虑菲舍尔出版社的项目，快到九点的时候我想到了夏娃，她刚好三分钟之后来上班。我给她打电话，电话响了很久才有人接，我当时都能感觉到电话另一头被窝里的暖意。"闹钟没有响"，她咕哝了一句，这位耐心的代理人温柔地笑了笑，然后帮我打开了店门。九点过了两分，已经有第一批顾客来了，他们想要买东西，而我们的收银台抽屉还是打不开。过了二十分钟夏娃出现了，脸上还印有枕头的痕迹，她接手了打收银台热线的任务，我去招呼顾客，同时跟小心翼翼跟着我的代理人说说我们的订购意向。本来他自己写写我们可能需要的书就好了，因为我左顾右盼，只能瞥一眼宣传册。要是菲舍尔出版社今年能把它的小说给我们就好了。

半个小时之后收银台恢复正常了，代理人也走了，但电脑却死机了，就跟我们说的一样，刚好是第三个顾客。我根本没法做生意了，我又给之前很熟悉的专家打电话，跟他说我们这样就没法工作了，现在不是什么电脑的问题了，而是根本上威胁到了我们的生存。这样下去我们的顾客就越来越少了，距离我们的员工精神崩溃也只是时间问题了。

晚上家里的洗衣机甩干的时候卡住了，发出奇怪的噪声，我坐在浴室里哭了起来，然后打开盖子把地板打扫干净，给邻居打电话问她能不能在她家把衣服洗完。第二天电话又坏了，不过就是因为一根线出了问题，这样的小事现在根本难不倒我。后来我想到这是不是一个阴谋，亚马逊给我们装了一个木马，让我们慢慢地毁掉，因为我在媒体上老是说他们的不好。但是他们的触角真的能延伸到我家洗衣机上吗？我都不知道这一周是怎么过去的。我即使在崩溃的边缘，也没让我丈夫中断他的假期。这段时间我就一直在和善的货物管理系统售后技术员、网络服务商热线和两位马克斯之间周旋，在不同的小纸片上草草写下一些专业术语，然后跟另一个人解释刚才别人跟我说的是什么。

周末我回到乡下去接我丈夫，尽管他还没完全休息好。我们尽量享受这一天半的休闲时光，好像一切都尽在掌握。

我们什么都没把握住。我们书店的成功故事里突然充满了伤痕，我们俩都累坏了，我们宁愿抛开一切。我们从十一月份开始就没闲下来，虽然今年生意不错，但我们多少都有点入不敷出，所有的员工都累坏了，要是可以的话，我们真想一走了之，所有的都放弃，两个书店，我们的婚姻，所有我们辛苦经营的一切都不要了。我们就想倒头就睡，最好两个人分开，在两个单独的房间里，互不干扰地睡个大觉，偶尔需要有人给拿本书或者端碗汤过来。

不用说我们还是回去了，当然也没撂挑子不干。我们没法放弃，我们有十二位员工，还在银行贷了很多钱，所以我们俩就相互鼓励，尽量对彼此和善一些，用尽最后的力气挽起袖管。奥利弗修好了洗衣机，周一的时候我尽量跟所有参与方讲清楚，必须把问题都彻底解决。周二的时候，他们几个人终于决定跳出自己的小圈子和其他人沟通解决。三位电脑专家过了好几周之后才想到一起解决问题，通过交流和协作解决问题，这是革命性的改变。他们应该已经感觉到我们撑不下去了，这已经是我们的底线了，他们现在必须采取非常规手段，例如相互沟通来解决问题。他们召开了会议，然后各自通过远程控制登录我们的网络，试验了三个小时。他们分别采用不同的方法和途径，设了些小障碍，然后再移除，相互之间不断激发出新灵感，快到下午六点的时候在场的马克斯告诉我："你可以拥抱我了。我们找到解决办法了。"他听起来已经累得不行了，而且也不是非常自信。他们已经好多次"以为问题都解决了"。我即使在梦里都不会想到拥抱他，因为我觉得问题根本解决不了。

一整晚我们都在尝试运行不同的进程，只要是能想到的我们都试了，疯狂地为虚拟客户下订单，造出最长的购物清单，一般系统都容易这个时候崩溃。竟然可以了。而且第二天一早、中午和晚上都没问题。系统运行非常稳定，没有死机，一切突然又变好了。我们又能开心地上班了，打开店门的时候我们的心情特别好，客人进来的时候我们再也不用像过去几周那样心惊胆战地缩成一团了。同事们都完全放松下来，所有人都可以做他们最想做也最擅长做的事情了：讲故事、跟客人聊天、包装礼物、保持幽默。

我和奥利弗撑了下来，我们没有分开。我们还跟对方说话，也睡在同一张床上。虽然有点小摩擦，毕竟都过去了，我们从内心体会到，我们每个人都会受伤，看似平凡的小事也会消磨我们。也许我们太着急了，想早点享受生活，因为本来我们的生活非常酷。

28

　　夏天有时候书店里的生意很不好，我和奥利弗就坐在葡萄园里小房子后面的长木椅上喝着红酒仰望星空，然后想到要是有一天出问题了我们该怎么办。我们可以在乡下生活，过几年我们就可以付清房贷。我们也可以在一起工作，就找个大学生来帮我们，就跟我们最早打算的那样。但是这个想法感觉不太好。我需要一些喧闹，需要有很多人，需要市里的房子，没有我的队伍所有的一切都了无生趣。

　　我们已经有十二位员工，来自不同的国家，年龄从二十二岁到五十六岁不等。我们加起来一共有十个孩子，庆幸的是有三个已经长大了，这对假期照顾其他小孩子非常有利。他们之所以从事这个行业动机都不一样，唯一的共同点就是都有点疯狂——对书的痴迷，这一切只有我们自己才能真正理解。

不知道什么时候大家把我的手机号存了下来，后来不断有人邀请我参加一些行业活动并讲话。因为要是你能在十年之内开两家书店然后活下来，就已经是成功了。要是作为书商经常讲话并发表自己的意见，谈论的主题都很相似。

"这本书有没有市场？未来还会有书店存在吗？"

我该说什么呢？这本书当然有市场了，今后也会继续有书店存在。我根本没法说别的，就好像你问一位圈里养满奶牛的农民，问他觉得以后人们还会不会喝牛奶或者可可。对我们来说是一样的道理，不管是农民还是书商，都一样。这两种职业在十年之后还能不能存在是个问题，但是这些都是我们没法控制的。我们不能阻挡历史前进的脚步。

有意思的是，我们成功的秘诀里面有一条，就是让顾客感觉我们的书店还跟"原来"一样。地方小，书却很多，我们的书架一直顶到天花板，我们的同事有空的时候就喜欢读书，就像原来一样。但是仅仅做一个好书商已经远远不够了，还得会点其他的：营销专家、图形设计师、审计师、网页设计师、活动举办专家、包装艺术家和心理治疗师…… 其实这恰恰也是推着我们继续走下去的动力。任何其他的事都太无聊了。

　　这个每周都不断有像我们这样一些不合时宜的商店倒闭的时代，我们要继续走下去。我们会继续前进，因为我们只有书店，我们也不会其他的。我们最爱的就是我们的书店。

译后记

德意志民族是世界上最热爱读书的民族。

读完这本书的朋友一定会跟我有同样的感触，这本书讲述的故事印证了这一点。让人不禁心生向往，因为我们能从字里行间感受到一种对书籍和生活淳朴的爱与满满的幸福。

简单回顾一下本书内容我们会发现：一个极其细微偶然的事件就改变了作者的人生轨迹。作者在外地休假旅游期间，一时冲动买下了一间倒闭的书店，夫妻二人贸然辞去高薪的工作，投入到一份极具挑战的全新事业中；从一家人寄居在朋友家里，到全家总动员，在电商的夹击中将自己的家庭书店慢慢做大，这中间所经历的曲折和历练带给读者的是一分深深的感动和敬佩。而作者一家对书的热爱，夫妻俩在出版行业数年的浸淫让一切却又变得那么自然，作者之所以为本书起名"奇妙书店"也让一家人苦中作乐的心情跃然纸上。

译完这本书之后,我隐隐约约看到了作者一家那种自由洒脱的幸福,虽然他们没有走遍世界,因为经营这家书店确实非常辛苦,但是他们为热爱读书的德意志民族捍卫了传统的精神家园。

在书店发展的每一个关键时刻,我们都能感受到作者家人、亲友、员工、邻居和读者之间的亲情友爱以及书籍为纽带产生的凝聚力,从提供资金支持到提供免费劳动力和义务咨询,让这家书店处处散发着爱的温暖与光芒。书中的几个小细节也能充分体现这家"维也纳最有人情味的书店"的魅力。其一就是作者会细心地记下顾客的名字,以便能第一时间认出他们;其二是新书店开始的几周都是在永远睡不醒和疲惫不安中度过的,夫妻俩去幼儿园接女儿恨不得精确到秒。有一天周五,幼儿园下午两点就关门了,幼儿园助理突然出现在书店门口,她用轻蔑的口吻告诉作者,孩子已经在老师的办公室里等了一个小时也没人接。当时店里只有作者和一位女顾客,她要的书没找到却见证了作者默默地哭泣。顾客安慰作者不要激动,并让作者赶紧去接孩子,由她帮忙看店,跟顾客们解释。作者飞奔向幼儿园,而女儿正坐在老师的办公室里听学前音乐呢;其三是店里招募的一名员工是死亡金属乐队的贝斯手，夫妻俩倾听了四十五分钟的鬼哭狼嚎之后，不仅没有转身离开，而是继续坐在酒吧里喝着暖啤，反倒心里感觉特别棒……

这样的细节还有很多，可以让我们感觉作者所说的"无法相信的好运"是怎么得来的，正应验了我们常用的一句古话，那就是"自助者天助之"。

书店的工作非常辛苦，难能可贵的是，作者夫妇除了全力投入工作，把书店打理得温馨怡人之余，也尽量照顾家庭，将自己仅有的业余时间都留给了小女儿。但他们也很难做到完美，可能会有好几天的时间都没给独居汉堡的未成年儿子打电话。

相信读者读完此书之后会不约而同地得出一个结论：这家起死回生的书店最奇妙之处就是，它变成了充满爱的地方。无论对于事业还是家庭，爱是幸福的源泉。

这一切都源于对书籍的爱。

王海涛

2017 年 2 月 18 日

图书在版编目（CIP）数据

我的奇妙书店 /（德）佩特拉·哈特利布著 ；王海
涛译. —— 北京 ：中国友谊出版公司，2016.12
ISBN 978-7-5057-3930-7

Ⅰ. ①我… Ⅱ. ①佩… ②王… Ⅲ. ①长篇小说－德
国－现代 Ⅳ. ①I516.45

中国版本图书馆CIP数据核字(2016)第289694号

Originally published in German under the title "MEINE WUNDERVOLLE
BUCHANDLUNG" ©2014 by DuMont Buchverlag, Köln
Copyright licensed by DuMont Buchverlag GmbH & Co.KG
arranged with Andrew Nurnberg Associates International Limited
著作权合同登记号 图字：01-2017-1095号

书名	我的奇妙书店
著者	[德] 佩特拉·哈特利布
译者	王海涛
出版	中国友谊出版公司
发行	中国友谊出版公司
经销	新华书店
印刷	北京文昌阁彩色印刷有限责任公司
规格	787×1092毫米　32开
	7.25印张　110千字
版次	2017年6月第1版
印次	2017年6月第1次印刷
书号	ISBN 978-7-5057-3930-7
定价	39.80元
地址	北京市朝阳区西坝河南里17号楼
邮编	100028
电话	(010) 64668676

版权所有，翻版必究
如发现印装质量问题，请与承印厂联系退换

创美工厂出品

出品人：许 永
责任编辑：许宗华
责任校对：雷存卿
版权编辑：杨 博
装帧设计：海 云
内文制作：孙诗茜
责任印制：梁建国 潘雪玲
发行总监：田峰峥

投稿信箱：cmsdbj@163.com
发　　行：北京创美汇品图书有限公司
发行热线：010-53017389　010-59799930

创美工厂　　　创美工厂
微信公众平台　官方微博